ぬりかべ同心判じ控

倉阪鬼一郎

幻冬舎時代小説文庫

ぬりかべ同心判じ控

目次

第一話　仏罰の鳥を追え

一

「おう」

茅場町《かやばちょう》の十手屋《じってや》ののれんを、度外れた大男がくぐってきた。

「あら、甘沼《あまぬま》さま」

おかみのおちかが笑みを浮かべた。

「いま、うわさしてたとこで」

小上がりの座敷に陣取っていた菓子屋の相模屋《さがみや》の隠居が、かわら版をひらひらと振った。

「おれのうわさか？」

そう言いながら、大男は上がり框《がまち》に腰かけた。

身の丈は六尺（約百八十センチ）、横幅も充分すぎるほどにあるこの男こそ、北町奉行所にその人ありと言われる定廻《じょうまわ》り同心、甘沼大八郎《だいはちろう》だった。

大八郎が通れば大八車もよける、とささやかれているくらいで、荷車とぶつかっても向こうのほうが倒れそうだ。

まるでぬりかべが向こうから歩いてくるかのようだから、「ぬりかべ同心」で通っている。甘沼大八郎という本名は知らなくても、「ぬりかべの旦那」は江戸の多くの民が知っていた。無理もない。ひと目見たら忘れられない体格だ。

「もちろんで」

相模屋の隠居の徳蔵《とくぞう》が答えた。

「旦那だったら、すぐ謎を解くんじゃないかって」

お付きの手代の寅吉《とらきち》が笑みを浮かべた。

「寺で仏罰が下ったっていう、例の話だな。ちょいと見せてみな」

甘沼大八郎がぬっと手を伸ばした。

「へい」

その手にかわら版が渡る。

ぬりかべ同心が得手としているのは力勝負ばかりではない。見かけによらず、判じ物も大の得意だ。

若いころ、大きな体を活かして本気で相撲取りになろうとしたことがある。町方の同心が相撲取りになるのは前代未聞だから、周りが必死に止めたものだ。

そんな偉丈夫でありながら、頭もむやみに回るのが甘沼大八郎だ。こみいった咎《とが》事《ごと》があると、まず「ぬりかべを呼べ」と白羽の矢が立つ。

ことに強いのは判じ物だ。余人が知恵を絞っても解けなかった判じ物でも、ぬりかべ同心はたちどころに解いてしまう。

「なるほどな。江戸のほうぼうがこの話で持ち切りだ」

かわら版にざっと目を通した同心が言った。

「ほんとに仏罰なんてあるんでしょうか」

十手屋のおかみが首をかしげた。

あるじは十手持ちで、閂《かんぬき》の呂助《ろすけ》という元力士の力自慢だ。十手持ちがあるじの見世だから十手屋の名がついた。

「でけえ大仏が怒って倒れてきて、寺の住職を押しつぶして殺《あや》めちまった。そのせいでえれえ騒ぎになり、弟子も心の臓に差し込みを起こして死んじまった。かわら版を読むかぎり、そういうことなんだがな」

ぬりかべ同心が刷り物をひらひらさせた。

「えれえ騒ぎってことは、本堂にたくさん人がいたってことでしょうか、旦那」

相模屋の徳蔵が訊いた。

「そのとおりだ、ご隠居」

粋な着流しに黒羽織姿の同心が答えた。

図体はぬりかべみたいだが、つらはなかなかの男前だ。

「大仏が住職を押しつぶしちまった法界寺《ほっかいじ》じゃ、ちょうど説法が行われていて、本堂に善男善女が詰めかけてた。その目の前で仏罰が下り、住職が死んじまったんだから、そりゃ騒ぎにならねえはずがねえや」

同心はそう言うと、片目を心持ち細くして猪口に注いだ酒を呑み干した。

茅場町の目立たないところにある見世だが、八丁堀からは近い。あるじの呂助を使っているぬりかべ同心をはじめとして、町方の面々がよくのれんをくぐるから、それなりに繁盛していた。

厨《くりや》の前には檜《ひのき》の一枚板がしつらえられ、できたての旬の肴が供せられる。奥の小上がりの座敷は存外に広く、小人数の祝い事もできる構えになっていた。

珍しいことに、ここには囲炉裏が備えつけられている。元相撲取りの呂助が部屋で覚えた自慢のちゃんこ鍋の腕を振るうのだ。そういった鍋を出す見世は江戸広しといえども、ほかにはあまり見当たらない。

ちなみに、甘沼大八郎も同じ部屋に通って、ひそかに力士になろうとしていた。そのころからの長い付き合いだ。

「仏罰が当たるような話をしてたんでしょうか、ご住職は」

隠居付きの寅吉がいくぶん首をすくめて問う。

「仏罰が当たるような話どころか、行いを正しくしていねえと仏罰が当たるぞよといさめる法話をしてたらしいから、こりゃ出来すぎじゃねえか」

ぬりかべ同心は答えた。

「そんな説法をしていたお坊さんに仏罰が下ったとしたら、なんとも解《げ》せない話ですなあ」

徳蔵が首をかしげる。

「それだけじゃねえ。助けに入った弟子まで心の臓の差し込みで死んじまった。まったく踏んだり蹴ったりな話よ」

同心は眉間にしわを寄せた。

そのとき、表のほうから人の話し声が聞こえてきた。

「お帰んなさい」

おかみが声をかけたから分かる。

十手屋のあるじが帰ってきたのだ。

二

「法界寺の仏罰の話ですな、旦那」

門の呂助が言った。

相手の両のかいなを閂をかけるようにぐっときめて、そのままきめ出すのが相撲取りのときの得意技だった。なにぶん大ざっぱな相撲で脇が甘く、ふところに入られて転がされることも多かったが、そこがまたご愛嬌で、妙な人気があった。

おかみのおちかも、もとは呂助のひいき筋だった。現役のときの四股名は大呂木《おおろぎ》で、何がなしに名は体を表している。

「おう、かわら版が飛ぶように売れてた」

ぬりかべ同心が刷り物を渡した。

「おめえ、いい声で読んでやれ」

上背のある十手持ちは、一緒に動いている小男にかわら版を渡した。

下っ引きのつむじ風の子之吉《ねのきち》だ。

小柄だからにわかには信じてもらえないが、子之吉も元は相撲取りだった。四股名は一字の飈《つむじかぜ》で、字を書くのが面倒だから、手形には決まって「つ」と仮名を一字だけしたためていた。

「へい」

元力士らしく、手刀を切ってから受け取る。

相撲取りのころはすばしっこい動きでわかせた。大呂木と組んだ初っ切りは絶品の芸で、見物衆は腹を抱えて笑ったものだ。そのころからの息の合った二人組だ。

「なら、読みますぜ」

「おう」

ぬりかべ同心がうながす。

十手屋の座敷に、相撲甚句で鍛えた声が響きだした。


怪事の起きし法界寺は知る人ぞ知る駒込《こまごめ》の名刹《めいさつ》なり。ことに、本堂に据えられし大仏は、秘仏として崇拝を集めてゐをり。

住職の名は榮心《えいしん》。いささか目は不自由なれど徳高き僧侶として、かねてより尊崇を集めてゐをり。

御開帳の折は、安からぬ見料なれど、遠方からも信徒が来り。寺にはかなりの蓄財ありしと聞く。

その法界寺にて怪事が出来《しゆつたい》せり。

大仏が御開帳されし本堂に善男善女が集まり、榮心和尚の法話を聴いてゐたりき。

法話はまさに佳境に入り、

「行ひを正しくせねば、仏罰が下るぞよ」

と、和尚が一同をにらみつけしまさにその刹那、秘仏の大仏がめりめりと音立てて倒れ、和尚を押しつぶしてしまひぬ。

仏罰、畏るべし。

榮心和尚は頭を砕かれてたちまち息絶えたり。

「なるほど、出来すぎた話ですな」

つむじ風の子之吉があごに手をやった。

「あまりにも出来すぎた話ってのはうさん臭えからな」

甘沼同心はひと息入れてから続けた。

「あんまり完璧な『居《お》らずの証《あかし》』をつくりすぎて墓穴を掘ったりしやがるんで」

判じ物に強い同心が言う。

人殺しなどの咎事が起きたとき、べつの場所にいたからおのれは咎人ではない、岩より硬い「居らずの証」がある、などと言い立てるやつにかぎって怪しかったりするものだ。

「要するに、その和尚は大仏につぶされて死んじまったんですな?」

呂助がたしかめるように訊いた。

「かわら版に書いてあるとおり、『頭を砕かれてたちまち息絶えたり』だ。打ちどころがどうのっていう話じゃねえからな。めちゃくちゃ重い大仏が倒れてきたんだから、むくろもひでえもんだったらしい」

　同心は顔をしかめた。

「ならば、こないだ推《お》し理《ことわり》芝居で観た『先んじたあの世行き』もしくは『危ねえ橋の先渡り』ではないっていうことですな？」

　相模屋の隠居が言った。

　見世を跡取り息子に譲って暇になったのをいいことに、そういった妙な芝居にも足を運んでいるようだ。

「早々とおっ死《ち》んだと客に思わせといたやつが実は生きていて、最後にあっと言わせるっていう筋書きだな？」

　と、同心。

「そのとおりで」

　徳蔵がにやりと笑った。

「そりゃあ、できねえ相談だ。法界寺の住職の榮心和尚は間違いなく大仏に押しつぶされて死んだんだ」

ぬりかべ同心は、はっきりと言った。

「ほかに死んだやつは？」

呂助が訊いた。

「大仏に押しつぶされて死んだのは和尚だけで、本堂で説法を聴いてた連中はからくも難を逃れたようだ。ただ……」

同心は子之吉のほうを見た。

「続きはこう書いてありまさ」

いなせな本多髷《ほんだまげ》の男は笑みを浮かべると、またかわら版を読みはじめた。


こはいかに、真に仏罰が下りしか。

参集せる者たちは算を乱して逃げおほせたり。

驚き慌てしは弟子と寺男なり。

弟子の榮明《えいみよう》はどうにかして榮心和尚を蘇生させせんと、必死に動いてゐたりしが、

「うっ」

と、うめき声を発するなり、前のめりに倒れたり。

心の臓に差し込みを起こした弟子の榮明は、哀れ、いくばくもなく師の後を追ふことになりき。


「まあ、お弟子さんまで」

囲炉裏にかける鍋を運んできたおちかが眉を曇らせた。

煮奴の鍋だ。

豆腐をだしで煮て、おたまですくって食すだけの簡明な料理だが、風が冷える日はこれにかぎる。

「寺で死んだら、すぐ埋められるから按配はいいがな」

呂助が言う。

「ほんとにそうなったみたいでさ。寺男が泣きながらお弟子さんのお棺を埋めたとかわら版に書いてあります」

子之吉が刷り物を軽く振った。

「で、大仏の件ですが、何か裏はあったんでしょうか」

隠居が訊いた。

「あったのかもしれねえが、取り調べをやったのは南町のぼんくらどもだからよ。あいつらじゃ、解ける謎も解けねえや」

ぬりかべ同心は吐き捨てるように言った。

「なら、和尚に仏罰が下って一件落着ってわけですかい。そりゃ腑に落ちねえ話だ」

呂助が大仰に首をひねった。

「まったくだ。どうものどに何かつかえてるような心地がするな」

ぬりかべ同心はそう言うと、注がれた酒をくいと呑み干した。

三

二幕目がおもむろに開いたのは、それから半年あまり経ってからのことだった。

そろそろ秋風が吹きはじめた頃合いに、またあの寺の名がささやかれるようになった。

駒込の法界寺だ。

住職も弟子も「仏罰の大仏」の件で死に、無住になったと思われていた寺で、なんと秘仏の御開帳が行われているらしい。

「さっそく聞きつけて出かけたんですが、どうも首をかしげるような御開帳でしてね」

いつもの十手屋で、つむじ風の子之吉が言った。

「何か怪しいところがあったのか」

今日は囲炉裏のある座敷ではなく、厨の前の一枚板の席に陣取っている甘沼同心が問うた。

「御開帳ってのは、たまにしか見られないありがたい仏様をじっくり拝むものでしよう？」

子之吉は両手を合わせた。

「そりゃそうだが」

と、ぬりかべ同心。

「ところが、その仏様は、束の間しか見ちゃいけない決まりなんですよ、旦那」

子之吉が言う。

「しげしげと見ちゃいけないの？」

おかみのおちかが首をかしげた。

「見るとどうなっちまうんだい」

見廻りは下っ引きの子之吉に任せ、今日は厨に入っている呂助が、蒲焼きをつくりながらたずねた。

と言っても、鰻ではない。活きのいい秋刀魚《さんま》を使った蒲焼きは十手屋の人気の肴の一つだ。

「じっと見たら、目がつぶれてしまうそうで。くわばらくわばら」

子之吉は首を小刻みに振った。

「そりゃ腑に落ちねえな」

ぬりかべ同心はあごに手をやった。

「で、その御開帳には、恐ろしい罰のようなものが潜んでるんでさ」

子之吉がいくらか身を乗り出した。

「どんな罰だ」

ぬりかべ同心が問う。

「その前に、もし束の間であっても御開帳の秘仏を拝むことができたら、必ずや福が到来するそうなんでさ。ことに、あきんどは商売繁盛間違いなしで、身代が二倍三倍に増えていくんだとか」

「いいことずくめじゃねえか」

と、同心。

「ところが、心邪《よこしま》なる者が見たら、商売繁盛どころか、恐ろしい仏罰が下るんだそうで」

「長々と見なくても、仏罰が下るの？」

おちかがたずねた。

「心邪なる者だったら、下るそうで」

子之吉は答えた。

「で、その仏罰ってのはどういうものなんだ？　早く言いな」

甘沼同心がしびれを切らしたように先をうながした。

「へい。真一文字に、仏罰の鳥が飛んできて、秘仏を拝みに来た者の目をついばもうとするそうでさ」

子之吉は身ぶりをまじえて答えた。

「御開帳の仏像から飛んでくるのか？」

にわかには信じがたしという面持ちで、ぬりかべ同心が問う。

「さようで。もしその白い仏罰の鳥に襲われたなら、あまりの恐ろしさに心の臓に差し込みが起き……」

つむじ風の子之吉はおのれの胸を手で押さえた。

「そのままあの世へ行ってしまうことになっちまうんだとか」

あいまいな表情で続ける。

「それだと、御開帳に来る人などなくなっちまうのでは？……へい、お待ち」

呂助が秋刀魚の蒲焼きを一枚板の上に置いた。こうしてできたての料理を出せるのが、囲炉裏と並ぶ十手屋の強みだ。

「ただ、仏罰が下ることはごくまれで、普通は仏像を束の間でも拝んで、商売繁盛の福を得ることができるんだとか」

手下が答えた。

「ぱっと見たところ飛び越えられそうな幅の崖だが、風の吹きようで谷底へ真っ逆さまってわけか」

同心がそんなたとえをした。

「あるいは火を飛び越えるようなものか。福に目がくらんだら、しくじって着物に火が燃え移ってしまう」

呂助がべつのたとえをする。

「ところで、束の間しか見ちゃいけねえってことは、だれか見張ってるのか？」

箸《はし》を動かしながら、甘沼同心が問うた。

「そうそう。見張りがいなきゃ、しげしげと見る不届き者もいると思うけど」

おちかも言う。

「それについては、法界寺の僧が見張っているのだとか」

子之吉が答えた。

「仏罰で大仏に押しつぶされた住職に代わって、寺に入った坊主かい？」

ぬりかべ同心が問う。

「さようで。和尚の榮心ばかりか、弟子の榮明まで心の臓の差し込みで死んでしまって、残っているのは古くからいる寺男だけで。あとから入ってきた僧が、御開帳に来る客を見張っているのだとか」

子之吉はそう伝えた。

話によると、ほうぼうの大店《おおだな》に刷り物を配り、いろいろな手づるを使って御開帳へ足を運ばせているらしい。

「なら、ずいぶんと法外な見料を取ってるんだろうな」

と、呂助。

「刷り物を配るのに金もかかるだろうからな」

同心も言う。

「ところが、見料はごく当たり前の値なんですよ。三十八文なんだから、御利益のある秘仏の御開帳にしては安いくらいで」

子之吉は首をかしげた。

「それじゃ、もうけは知れたものね」

おちかもいぶかしげな顔つきになる。

「で、これまでに仏罰を喰らったやつはいるのかい」

ぬりかべ同心がたずねた。

「仏像を見た刹那に、『あっ、喰らった』と思ってあやうく心の臓に差し込みを起こしそうになった人はいるそうです」

子之吉が答えた。

「疑心は暗鬼を生じるからな。光の加減で、えたいの知れねえ鳥が飛んでくるように見えるかもしれねえ」

同心はそう言うと、蒲焼きの残りを胃の腑に落とした。

「お代わりもありますが」

呂助が水を向ける。

同心は軽く手を振って断ってから続けた。

「法界寺のほうはどうもきな臭えな。前に和尚が仏罰で大仏につぶされてるところで、また怪しげな秘仏の御開帳が始まったのが、おれにはどうも気に入らねえ」

ぬりかべ同心は大仰なしぐさで首をひねった。

「旦那の勘は鋭いですからね」

子之吉が持ち上げる。

「わたしも何か、からくりがあるような気がします」

おちかが言った。

「だれかが面妖な絵図面を描いてやがるのか」

呂助が腕組みをした。

「ま、そのあたりは追い追い見えてくるだろうよ」

と、同心。

「恐ろしいことが起きなきゃいいけど」

半ば独りごちるように、十手屋のおかみが言った。

だが……。

ひとたび動きはじめた影絵のごときものが、そこで終わることはなかった。

ほどなくまた、次の幕が開いたのだ。

四

「美濃屋《みのや》の身代のためだからね、おまえさん」

後妻のおとせが言った。

「いや、でも、お寺のお堂が見えてきたら、何かこう、心の臓の鳴りが激しくなってきてねえ」

あるじの梅吉《うめきち》が胸に手をやった。

黒光りのする結城紬《ゆうきつむぎ》だ。美濃屋は由緒ある呉服屋だから、思わずため息がもれるような着物をまとっている。

「大丈夫よ。仏罰なんて下りゃしないから」

おとせは嫣然《えんぜん》と笑った。

美濃屋の後妻については、陰でいろいろとささやく向きがないでもなかった。

あの女は間違いなく美濃屋の身代が目当てだぜ。

色気を振りまいて、おのれからあるじに近づき、手練手管《てれんてくだ》を尽くしてものの見事に後妻の座に収まりやがった。

あとはおのれから誘って夜の営みを激しくして、あるじがぽっくり逝くのを待つばかりか。

あるじは心の臓に差し込みを起こして死にかけたことがあるらしいからな。いつ何時《なんどき》うっとうめいて死んじまうか分かりゃしねえぜ。

もしそうなったら、おとせの絵図面どおりよ。

いや、ほかに絵図面を描いてる男がいるんだろうよ。首尾よく美濃屋が死んだら、身代を山分けだ。

うめえことを考えやがったな、まったく。

そんな按配で、知らぬはあるじばかりだった。

美濃屋のお店者のなかには、ときどき癇癪《かんしゃく》を起こす梅吉に意見したりするような者は一人もいなかった。

「後妻は食わせ者でございますよ。ただちに追い出してくださいまし」

そんなことを言おうものなら、おのれのほうが追い出されてしまうに違いない。

今日も見世は開けているのに、呉服屋のあきないは古参の番頭に任せ、おとせに乞われるままに法界寺へ足を運んだ。ほかにも御開帳目当ての客がいるし道も細いため、駕籠《かご》から降りて寺へ向かっているところだ。

「いや、でも、わたしは存外に気が小さくてねえ。それに、怖い思いをするのは苦手なんだ」

美濃屋のあるじは情けなさそうな顔で言った。

「わらべじゃないんだから、おまえさん。すぐ済みますよ、うふふ」

おとせは妙な含み笑いをもらした。

しばらく列に並んでいると、美濃屋の夫婦の順になった。

「一人三十八文、頂戴します」

陰気な若い僧が言った。

おとせがにやりと笑って銭を渡した。

「あっちがお堂で」

僧が本堂を示した。

お堂の裏手のほうから、妙に生臭い臭いがただよってくる。どこかでけものでも死んでいるのかもしれない。

「何か腐ってるみたいだね。お寺なのに、妙なことだ」

梅吉は顔をしかめた。

「わざと……いえ、何でもないわ、うふふ」

おとせはまた含み笑いをした。

列がそれなりに延びていた。最後に段を上って本堂へ上がるようになっている。そこに陰気な顔をした寺男がいた。障子を細めに開け、人を入れるや、ぴしゃりと閉める。

無事、御開帳の秘仏を見終えた者は、横の回廊のほうから戻ってくる。何事もなくありがたい仏像を見終えた者の顔には、みな一様に安堵《あんど》の色が浮かんでいた。なかには思わず笑い声をあげたり、つれに話しかけたりする者もいた。

「ああ、ほっとした」

「これで御利益があるぞ」

「あればいいけどねえ」

これから御開帳に臨む者とは顔つきが違う。

「お静かに願います」

すかさず寺男がたしなめた。

列に並んでいた梅吉は、ふうっと息をついた。

「平気よ。仏罰が下ったような人はいないから」

おとせが小声でなだめた。

やがて、順が来た。

「顔を伏せたまま、ゆっくり前へお進みください。座布団に座ったら、合図をお待ちください」

寺男が重々しく告げた。

「おまえさんから」

おとせが身ぶりで示した。

「ああ」

梅吉は一つうなずくと、意を決したように本堂へ入った。


妙な音がする。

ジジ、ジジジジ……。

何かが燃えているのだろうか。

一歩進むにつれて、面妖な音は少しずつ高まっていった。
香も焚かれている。
妙に胸が悪くなるような香りだ。
薄暗い本堂を、顔を上げないようにしずしずと進む。それだけで梅吉の心の臓は
そこはかとなく痛んできた。
ほどなく、座布団が見えた。

榮

縫い取りの文字が、かろうじて見えた。
梅吉はあまりかわら版を読まない。よって、法界寺で榮心和尚が大仏に押しつぶ
されて死に、弟子の榮明も心の臓の差し込みで死んだことを知らなかった。
ここに座る者に「榮」あれということだろう……。
梅吉はそう料簡して、ゆっくりと両ひざをついて座った。
近くには、弟子の僧とおぼしい者が座っていた。

「顔を上げて、仏様を拝むのは木魚がぽくっと鳴ったあとの一瞬のみです。しげしげと見たりしたら、仏罰が下りますぞ」

重々しく言い渡す。

「はい……」

梅吉はふるえ声で答えた。

そして……。

木魚が鳴った。

梅吉は顔を上げた。

御開帳の仏様が見えた。

梅吉はすぐさま顔を伏せようとした。

だが、できなかった。

仏罰の鳥が放たれたからだ。

御開帳の秘仏の胸から梅吉のほうへ、仏罰の白い鳥は妙にいびつに舞いながらいっさんに飛んできた。

「う、うわあああっ！」

梅吉は悲鳴をあげた。

次の刹那、美濃屋のあるじは胸に手を当てて前のめりに倒れた。

仏罰の鳥のあまりの恐ろしさに、梅吉の心の臓は耐えることができなかったのだ。

五

「下りそうもねえやつに仏罰が下ったのが気に入らねえな」

甘沼同心がそう言って、蕎麦をずずっと音を立てて啜った。

「それはおいらも思いました」

呂助も蕎麦をたぐる。

今日は十手屋を休みにして同心のお供だ。町方からなにがしかの銭は出るから、ときどき見世を閉めてもやってはいける。

「美濃屋は実直な人となりで、あきないもまっすぐだったとか」

おちかが気の毒そうに言った。

今日は十手屋のおかみも加わっているが、これにはわけがある。

「何かからくりがあるに違いねえ」

同心はそう言うと、あっという間に蕎麦を平らげ、蕎麦湯の湯桶《ゆとう》に手を伸ばした。

「もうちっとゆっくり食ったらどうです」

元力士の十手持ちがあきれたように言った。

「ゆっくり食ったら蕎麦がのびちまうぜ」

「でも、旦那の食い方だったら、いま食ったのが蕎麦かうどんか分からなくなっちまいまさ」

子之吉が箸を止めて言った。

「おう。そりゃときどきあるな」

ぬりかべ同心が真顔でそう言ったから、呂助とおちかは思わず顔を見合わせた。

これから駒込の法界寺へ足を運ぶところだ。人死にが出たとあらば、何はともあれ足を運ばずばなるまい。

せっかちな同心に急かされるように蕎麦を平らげた面々は、秘仏の御開帳が行われている寺へ向かった。

「さすがに人死にが出たあとだから、あんまり混んでませんね」

おちかが入口を指さした。

法界寺の御開帳で人死にが出た話は、いち早くかわら版になった。死んだ美濃屋の梅吉が後妻をもらったことや、前にも心の臓の差し込みがあったことなどまで事細かに調べあげてあったから、物見高い江戸の衆に飛ぶように売れた。

「妙に生臭いですな」

呂助が鼻をうごめかした。

「そうか？」

ぬりかべ同心が首をひねる。

「どこかで何かが腐っているような臭いがしませんか？」

十手屋のあるじが言った。

「たしかに、ちょっとそんな気も」

おちかも鼻に手をやる。

「肉でも食ってやがるのかな。とんだ生臭坊主だ」

同心が言った。

さほど待たされることなく御開帳の順になった。

「顔を伏せたまま、ゆっくり前へお進みください。座布団に座ったら、合図をお待ちください」

寺男が重々しく決まり事を告げた。

「その前につらを上げて、秘仏を拝もうとしたら、仏罰の鳥が真一文字に飛んできたりするのかい」

同心が半ば戯《ざ》れ言《ごと》めかしてたずねた。

「お戯《たわむ》れはおやめください。本当に仏罰が下りますぞ」

寺男の眉間にしわが浮かんだ。

「大店の旦那に仏罰が下ったそうだが、初めから獲物を物色してここへ来させてるんじゃねえのかい」

ぬりかべ同心がずけずけと言う。

「滅相もございません。当寺で行われているのは、ありがたい秘仏の御開帳でございますから」

寺男はそう言うと、とってつけたように両手を合わせた。

甘沼同心を筆頭に、言われたとおり本堂を進んでいった。

「お一人ずつ、その座布団にお座りください」

弟子の僧とおぼしい男が声をかけた。

「住職はどこにいるんだい」

顔を伏せたまま、同心がたずねた。

「奥の人目に触れぬ室にて、勤行をされています」

僧はしかつめらしい顔で答えた。

榮、と縫い取りのある座布団が据えられている。

「おれは終いでいい。おまえらから行け」

同心は呂助たちに告げた。

「顔を上げて、仏様を拝むのは木魚がぽくっと鳴ったあとの一瞬のみです。しげしげと見たりしたら、仏罰が下りますぞ」

弟子の僧とおぼしい男が申し渡す。

「なら、お先に」

呂助が真っ先に座布団に座る。

ぽくっ、と一つ木魚が鳴る。

「それまで」

僧の声がすかさず響いた。

ふう、と一つ、呂助が息をついた。

よもやそんなことはあるまい、とは思っても、やはり仏罰の鳥が飛んできたらと思うと恐ろしい。

「はい、次」

僧が先をうながした。

子之吉は軽く両手を合わせてから座布団に座った。

ぽくっ、と木魚が鳴る。

ふう、と吐息がもれる。

続いて、おちかの番になった。

おちかはぬりかべ同心から、あることを頼まれていた。

たとえ一瞬でも仏像をしっかり見て、その面相を憶えて似面《にづら》を描くのだ。

おちかの隠れた才は、似面を描くことだった。

もともと麦湯を運ぶ茶屋の小町娘だったが、大呂木こと呂助に見初められて相撲取りの女房になった。いまは料理屋のおかみに収まっているが、茶屋でも手すさびに客の似面を描いて人気を博していたほどで、その気になれば女似面師として充分にやっていけるだけの力量の持ち主だ。

絵描きの目は、ほかの者とはひと味違う。余人ではとらえることができない特徴も、一瞥《いちべつ》しただけで分かる。

「それまでっ、長いっ」

僧がすかさず叱責した。

おちかは素直に謝って頭を下げた。

「相済みません」

最後に、ぬりかべ同心の番になった。

ぽくり、と木魚が鳴る。

同心が顔を上げた。

仏像がちらりと見えた。

その刹那、宙を舞う面妖な暴れ凧の糸をつかんだような気がした。

六

「さすがは似面描きの名手だ」

甘沼同心がそう言って、似面を一枚板の席に置いた。

「お役に立ちましたか」

十手屋のおかみが言う。

「おう、首尾は上々だ。秘仏をちらっと見ただけで、さすがの腕だな」

ぬりかべ同心は笑みを浮かべた。

「その絵を持って、ほうぼうを調べて回ったんですかい？」

座敷に陣取った相模屋の隠居がたずねた。

今日も手代の寅吉を供にして顔を出している。隠居とはいえ、まだまだ足は達者で頭も回る。なにかと顔が広くて勘ばたらきも鋭いから、十手こそ持っていないが同心の力になる働きをたまにしてくれる。

町方の廻り方の頭数はかぎられている。とても広い江戸の町を廻りきれるものではない。そこで、手下の網をうまく広げて、人を巧みに使って役立てていた。そういった面々がたまり場もしくはつなぎ場として十手屋ののれんをくぐってくるから、見世も同心も助かっている。

「おう。法界寺のからくりがあらかた分かったぜ」

ぬりかべ同心はにやりと笑ってから続けた。

「御開帳をでっち上げ、でけえ蟻地獄みてえな仕掛けをこしらえやがったが、そろそろ年貢の納め時だ」

「そうすると、咎人の当たりはついてるってわけですかい？」

いささか片づかない顔で、あるじの呂助がたずねた。

「おう。腑に落ちねえところは、あともう少しだ」

と、同心。

「だいぶ外堀が埋まってきたんですね」

おちかが次の燗酒《かんざけ》の支度をしながら言う。

「あとは大詰めを残すだけだがよ。一つ分からねえことがある」

首を一つひねると、同心は肴のちくわ胡瓜を口中に投じた。

ちくわの穴に細切りの胡瓜を合わせるのがなかなかの思いつきで、よそでは見たことのない趣向だ。

「とおっしゃいますと？」

折り紙の手本を手代に示しながら、徳蔵が訊いた。

菓子屋の隠居は手先が器用だ。

鶴や兜などを器用に折り、わらべの客に与えたりする。なかにはそれを目当てに相模屋ののれんをくぐる客もいるほどだった。

「美濃屋の梅吉は、仏罰の鳥が飛んできたせいで心の臓の差し込みを起こして死んだ。本当にそんなものが飛んできたのか、ほかにからくりがあるのか、そのあたりがもやっとしてやがる」

ぬりかべ同心は言った。

「そうすると、飛んできたのは……」

おちかが少し思案してから続けた。

「からくり細工の鳥か何かですかい」

呂助が半ば戯れ言めかして言った。

「そんな、真一文字に飛ぶようなからくり細工の鳥をこしらえるのは難儀でしょう」

鶴を折りながら、隠居が言った。

「そこんとこが、どうも腑に落ちねえんだな」

同心は箸を置いた。

「そういや、あのとき、妙な音が響いてましたよね。でかい蠟燭《ろうそく》の灯心が燃えるみたいな」

秘仏の御開帳を思い返して、手下の子之吉が言った。

「そうそう、ジジジジ、ジジジジって」

おちかは耳に手をやった。

「おいらが気になったのは、あの生臭い臭いですな。生《しょう》のものを食わない寺で、何でまたあんな臭いがしたのか」

呂助が顔をしかめた。

「そのあたりの流れがひとすじにつながったら、すべての謎がきれいさっぱり解けそうなんだがな」

ぬりかべ同心は腕組みをした。

「また美濃屋さんみたいに仏罰が下ったりするんでしょうかねえ」

手を動かしながら、徳蔵が言った。

「法界寺はいろいろ手下を飼ってるみたいなんで、ほとぼりがさめたころにまた大店のあるじを狙ってやるかもしれませんぜ」

子之吉がそう言って、猪口を口元にやった。

「続けてやったら怪しまれるし、御開帳の客足も減っちゃうだろうし」

と、おちか。

「秘仏の御開帳の銭に、大店のあるじの金、どちらも手にしようってことか。とんだ悪党だな」

十手屋のあるじが眉間にしわを寄せる。

「はい、できたよ」

隠居が見事に折りあげた鶴をかざした。

「さすがでございますね、大旦那様」

寅吉が笑みを浮かべた。

「その鶴……」

と、指さした同心の指が止まった。

表情が変わる。

「どうしました？　旦那」

おちかがいち早く察して問うた。

「……分かったぜ」

ぬりかべ同心はにやりと笑った。

「何がです？」

おちかが身を乗り出した。

「仏罰の鳥の謎がきれいに解けやがった。いろいろな水の流れが合わさって、ひとすじの流れになった。その上に、法界寺の御開帳の座布団が一枚浮かんでるんだ。なるほど、そういう判じ物だったのかい。笑わせやがる」

同心はそう言うと、左の手のひらに右の拳をばちんと打ちつけた。

「おいらにはさっぱり呑みこめませんが」

お手上げの様子で、呂助が言った。

「明日にでも、もういっぺん御開帳を見に行くぜ。化けの皮を剝《は》いでやらあ」

ぬりかべ同心の声に力がこもった。

七

翌日――。

甘沼同心をはじめとする一行は、またしても法界寺に足を運んだ。

十手屋は休みにし、あるじの呂助とおかみのおちか、それに、つむじ風の子之吉に相模屋の隠居の徳蔵と手代の寅吉も加わっていた。

そればかりではない。町方の捕り方も、ひそかに身をやつして列にまじっていた。

美濃屋のほとぼりがさめたのに加えて、秘仏の御開帳は晦日《みそか》かぎりで残り少ないということもあり、列はかなり長く延びていた。

「見料が一人三十八文でも、積もり積もって馬鹿にならない稼ぎになったでしょうな」

菓子屋の隠居が少しうらやましそうに言った。

「それに美濃屋のでけえ稼ぎが加わったんだ。いままでも相当なもうけだろうぜ」

しんがりに控えたぬりかべ同心が言った。

今日はやつしではなく、着流しに黒紋付を粋にまとっている。抜かりなく二本も差した、どこから見てもいなせな八丁堀の同心のいでたちだ。

「それにしても、見当がつかねえな。仏罰の鳥が本物でないとすりゃあ……」

呂助が首をひねった。

「つくり物の鳥を真一文字に飛ばすのは難儀だと思うよ。竹とんぼでも上へ飛ぶからね」

徳蔵が身ぶりをまじえて言った。

「秘仏を一瞬しか見ちゃいけないのには、何かわけがあるんじゃないかしら」

おちかは額に指をやった。

「長々と見られるとまずいっていうわけか？」

と、呂助。

「そう。実は……」

おちかは声を落として続けた。

「秘仏が瞬きをしちゃうとか」

「ああ。そりゃあ、おいらもちらっと考えた」

子之吉が耳ざとく聞きつけて言った。

「住職かだれか知らねえが、人が仏像に化けてやがったわけだ」

足自慢の下っ引きは、自信ありげに言った。

「すると、その仏像に化けたやつが鳥の形の手裏剣を投げたとすりゃあ……」

呂助が呑みこんだ顔で言う。

「それはわたしも考えたんだけどね、美濃屋はべつに手裏剣が突き刺さって死んだわけじゃない。心の臓の差し込みで死んだってところが、いささか腑に落ちないねえ」

　隠居が腕組みをする。

「それに、手裏剣を振りかぶって投げるのなら、見てる側に分かるはずだ。そりゃ驚くだろうが、仏像が動いたところでもう種が割れるわけだからな」

　同心が言う。

「たしかに、それで心の臓に差し込みを起こすのは出来すぎかもしれませんな、旦那」

　呂助は手裏剣説をすぐさま取り下げた。

「手裏剣じゃないとすれば……」

　おちかが思案する。

「平たい鍋に白いものを入れて、わっと飛ばしたとか」

　十手屋のおかみは妙な手つきをまじえた。

「炒め飯じゃねえんだから」

　呂助があきれたように言った。

　飯粒がぱらぱらになった炒め飯は、十手屋の隠れた人気料理の一つだ。

「まあ、そのあたりは大詰めになってみりゃ分かるさ」

ぬりかべ同心は、にやにや笑って言った。

「言ってみれば、このなかで『名代の謎解き師』だけが謎を解いてしまっているわけですな」

徳蔵がややうらめしそうな顔つきになった。

「そのとおり。……お、今日もちょいと生臭え臭いが漂ってるじゃねえか」

同心は鼻をうごめかした。

「それが仏罰の鳥と何か関わりが？」

子之吉がたずねた。

「ま、三題噺《ばなし》で言やあ、あとの二つはでけえ蠟燭の灯心が燃えるみてえな音と、どうぞお座りなすってと敷かれてる座布団だな」

一人だけ謎を解いている同心は楽しそうに言った。

「うーん、さっぱり分かんない」

おちかが大きな声をあげた。

「お静かに願います」

すかさず寺男から声が飛ぶ。

十手屋のおかみは不服そうに黙った。

「ま、そのあたりは番になってみりゃ分かるさ」

ぬりかべ同心は余裕の面持ちで言った。

八

番が来た。

「顔を伏せたまま、ゆっくり前へお進みください。座布団に座ったら、合図をお待ちください」

寺男が決まり事を告げた。

顔つきは少しあいまいだった。

無理もない。見憶えのある顔が多かった。とりたてて信心深くもなさそうなのにいぶかしいことだ。

「おう、前にも来たから分かってるぜ」

先手を打って同心が言うと、浅黒い顔の寺男はさらに妙な表情になった。

前に来たときも因縁をつけるようなことを訊いてきた。先代の桀心和尚のときからこの寺につとめている男は警戒のまなざしになった。

一行は列になって本堂を進んだ。

「名代の謎解き師はしんがりから行くからな」

ぬりかべ同心は小声で言った。

「途中で謎が解けたら、先んじてもいいっすかねえ」

呂助が問うた。

「当てずっぽうはやめてくれ」

同心はぴしゃりと言った。

「三題噺がきれいに解けないかぎり、おれの謎解きを待ってくれ」

「承知で」

十手持ちは短く答えた。

桀、と縫い取りのある座布団が見えた。

「顔を上げて、仏様を拝むのは木魚がぽくっと鳴ったあとの一瞬のみです。しげしげと見たりしたら、仏罰が下りますぞ」

弟子の僧がいつものように申し渡す。

相模屋の主従を先頭に、秘仏の御開帳に臨んだ。

ぽくり、と木魚が鳴る。

「はい、お次」

弟子の僧がうながす。

つむじ風の子之吉、十手屋の呂助とおちか。

番は次々に進んだ。

ジジジジ、ジジジジ……。

大きな蠟燭の灯心が燃えるような音が響く。

生臭い臭いもそこはかとなく漂っていた。

だが……。

だれ一人として謎は解けなかった。

残るは、甘沼同心ただ一人となった。

ぽくっ、と一つ木魚が鳴る。
次の刹那……。
ぬりかべ同心は、やにわに片膝を立てた。
ただでさえ大きな体が、ぬっとさらに縦に伸びた。
そのまま、目にもとまらぬ速さで抜刀する。
「おめえの正体はお見通しだぜ」
名代の謎解き師の口調で、ぬりかべ同心は告げた。
秘仏の表情が変わった。
瞬きをする。
それは仏像ではなかった。
顔に墨を塗り、古い仏像のふりをしていただけだった。
剣先をまっすぐそちらに向けると、ぬりかべ同心は引導を渡すように言った。
「覚悟しな、榮明」
同心が告げたのは、死んだはずの僧の名だった。

九

「からくりはお見通しだぜ。仏罰とやらを喰らわしてみな」

ぬりかべ同心は立ち上がり、榮明のほうへ剣先を向けた。

答えが放たれた。

「うわっ」

徳蔵が声をあげた。

「きゃあっ、鳥」

おちかが腰を抜かす。

「ぶ、仏罰の鳥だあっ」

手代の寅吉が叫んだ。

秘仏に扮していた榮明、大仏に押しつぶされて死んだ榮心の弟子のほうから、真一文字に飛んできたものがあった。

仏罰の鳥だ。

白い鳥が、罰を与えるためにまっすぐ向かってきた。

だれの目にもそう見えた。

だが……。

同心はいささかも動じなかった。

「ぬんっ」

その刀が一閃《いっせん》する。

仏罰の鳥は、たちまち切り落とされた。

ジジジジ、ジジジジ……。

耳障りな音が響く。

「うわっ、何でえ」

呂助が叫んだ。

「何か飛んでるぞ」

子之吉も声をあげる。

「捕り方、出あえっ！」

大音声《だいおんじょう》で叫ぶと、ぬりかべ同心は秘仏に扮していた男を追った。

「待て」

化けの皮が剝がれた男は、あたふたと本堂の奥へ逃げようとした。

いったん戸を閉めたが、同心が力まかせに蹴破る。

ぬりかべのごとき偉丈夫は足も大きい。正面から蹴りを入れれば、戸はいともたやすく外れた。

「ぬんっ」

そのまま力まかせに戸を倒す。

ここぞというときは百人力の男だ。

「御用だ」

「御用！」

捕り方の声が響いた。

「神妙にしな」

「寺方は一人も逃すな」

声が重なって響く。

ぬりかべ同心は本堂の奥へ突入した。

呂助と子之吉が続く。

相模屋の主従とおちかは捕り方のほうへ逃れた。

「寄るなっ」

榮明が木刀を振るってきた。

腰の入っていない攻めだ。同心は一刀で切り落とした。

いきなり短くなった木刀を見て、榮明は目を瞠《みは》った。

「先生、出番です」

気を取り直し、奥へ金切り声をあげる。

「おう」

むくつけき髭面《ひげづら》の用心棒がぬっと姿を現した。

「いざ」

ぬりかべ同心が剣を青眼に構えた。

用心棒ばかりではない。寺男たちも棒を手にして現れる。

「かかってこい」

そちらは呂助と子之吉が相手をした。

横ざまに振るわれた棒を、もと颯の子之吉がさっと身をかがめてかわす。

次の刹那、頭からふところに飛びこみ、右手で素早く足を取ると、敵は背中から倒れた。

そのまま当て身を喰らわせる。目の覚めるような続き技だ。

「ぐええっ」

もう一人の寺男が目を剝《む》いた。

もと大呂木の呂助が、得意の閂にきめていた。両のかいなを抱えてひじまできめてしまったら、敵はまったく身動きが取れない。

上背と膂力《りょりょく》に恵まれたもと力士は、渾身の力をこめて寺男の体を左右に揺さぶった。

ぼきぼきっと腕の骨が折れる。

敵の力が弱まったところで離してやると、寺男はあまりの痛みにひざをついてわんわん泣きだした。

「御用だ！」

「御用」

たちまち捕り方が群がる。

ぬりかべ同心は敵の剣を見切っていた。

そろそろ決め時だ。

間合いを詰め、上からぬっと覆いかぶさるように剣を構えると、用心棒は捨て身の抜き胴を狙ってきた。

読みどおりだ。

「てやっ！」

気合一閃、同心の剣が振り下ろされる。

それは過たず、用心棒の脳天を捉えていた。

一撃で終わった。

用心棒は血を噴きながら仰向けに倒れていった。

びゅっ、と血ぶるいをする。

その血が桑明の顔に降りかかった。

「ひっ……」

僧はたわいなく腰を抜かした。

「命運尽きたな」

同心は勝ち誇ったように言った。

僧はがっくりとうなだれた。

「おめえは大仏に細工をし、先代の住職が仏罰で押しつぶされたように見せかけた。むろん、仏罰なんてありゃあしねえ。目の良くない住職に気づかれねえように、ちょっとずつ大仏を前へ倒し、縄で支えるようにしておいた。説法の最中にその縄を切りゃあ、仏罰が下って押しつぶされたような按配にならあ」

ぬりかべ同心は、まず初めの人殺しのからくりを解き明かした。

「それから、心の臓に差し込みを起こした芝居をして、寺男に棺を埋めさせた。毬《まり》を腋《わき》の下に挟めば、脈が止まったふりができる。それくらいは読めるぜ」

同心はさらに謎解きを続けた。

「世に先んじたあの世行きで、寺男の手でひそかに墓から掘り起こされたおめえは、次の住職になりすますと、このたびの仏罰の鳥の絵図面をこしらえた。御開帳と大店乗っ取り、濡れ手で粟のもうけだったが、芝居の時は長く続かねえ。今日で終いだぜ」

ぬりかべ同心はそう告げると、なだれこんできた捕り方に合図をした。

「御用だ」

「御用！」

墓からよみがえった男は、もう抗わなかった。

後ろ手に縛られ、肩を落として引き立てられていった。

十

「おう、まだまだ見せ場は続くぜ」

振り向いて同行した者たちに告げると、甘沼大八郎同心はさらに奥へ進んでいった。

「まだ見せ場って……」

おちかが独りごちた。

「仏罰の鳥の正体が分かってねえじゃねえか」

呂助が言う。

「あっ、そうか」

「たしかに鳥みたいなのが飛んできたけど」

おちかが首をすくめて言った。

「それにしても、生臭いですな」

相模屋の隠居が顔をしかめた。

「何か腐ってるみたいです」

手代も眉根を寄せる。

「音がしますぜ」

子之吉が耳に手を当てた。

やがて、奥の蔵のようなところに着いた。

そこにも座布団と同じ一字が記されている。

「おう、だれか灯りを持ってきな」

ぬりかべ同心は命じた。

「はっ、ただいま」

町方の手下がきびきびと動く。

ほどなく、同心の手に龕灯《がんどう》が渡った。

「行くぜ」

龕灯を軽くかざすと、同心は「榮」と記された扉を一気に開け、中を照らした。

蠅蠅蠅蠅蠅蠅蠅蠅蠅蠅蠅蠅蠅蠅蠅蠅蠅蠅蠅蠅蠅蠅蠅蠅蠅蠅蠅蠅蠅蠅蠅蠅蠅蠅蠅蠅
蠅蠅蠅蠅蠅蠅蠅蠅蠅蠅蠅蠅蠅蠅蠅蠅蠅蠅蠅蠅蠅蠅蠅蠅蠅蠅蠅蠅蠅蠅蠅蠅蠅蠅蠅蠅
蠅蠅蠅蠅蠅蠅蠅蠅蠅蠅蠅蠅蠅蠅蠅蠅蠅蠅蠅蠅蠅蠅蠅蠅蠅蠅蠅蠅蠅蠅蠅蠅蠅蠅蠅蠅
蠅蠅蠅蠅蠅蠅蠅蠅蠅蠅蠅蠅蠅蠅蠅蠅蠅蠅蠅蠅蠅蠅蠅蠅蠅蠅蠅蠅蠅蠅蠅蠅蠅蠅蠅蠅
蠅蠅蠅蠅蠅蠅蠅蠅蠅蠅蠅蠅蠅蠅蠅蠅蠅蠅蠅蠅蠅蠅蠅蠅蠅蠅蠅蠅蠅蠅蠅蠅蠅蠅蠅蠅
蠅蠅蠅蠅蠅蠅蠅蠅蠅蠅蠅蠅蠅蠅蠅蠅蠅蠅蠅蠅蠅蠅蠅蠅蠅蠅蠅蠅蠅蠅蠅蠅蠅蠅蠅蠅
蠅蠅蠅蠅蠅蠅蠅蠅蠅蠅蠅蠅蠅蠅蠅蠅蠅蠅蠅蠅蠅蠅蠅蠅蠅蠅蠅蠅蠅蠅蠅蠅蠅蠅蠅蠅
蠅蠅蠅蠅蠅蠅蠅蠅蠅蠅蠅蠅蠅蠅蠅蠅蠅蠅蠅蠅蠅蠅蠅蠅蠅蠅蠅蠅蠅蠅蠅蠅蠅蠅蠅蠅
蠅蠅蠅蠅蠅蠅蠅蠅蠅蠅蠅蠅蠅蠅蠅蠅蠅蠅蠅蠅蠅蠅蠅蠅蠅蠅蠅蠅蠅蠅蠅蠅蠅蠅蠅蠅
蠅蠅蠅蠅蠅蠅蠅蠅蠅蠅蠅蠅蠅蠅蠅蠅蠅蠅蠅蠅蠅蠅蠅蠅蠅蠅蠅蠅蠅蠅蠅蠅蠅蠅蠅蠅
蠅蠅蠅蠅蠅蠅蠅蠅蠅蠅蠅蠅蠅蠅蠅蠅蠅蠅蠅蠅蠅蠅蠅蠅蠅蠅蠅蠅蠅蠅蠅蠅蠅蠅蠅蠅
蠅蠅蠅蠅蠅蠅蠅蠅蠅蠅蠅蠅蠅蠅蠅蠅蠅蠅蠅蠅蠅蠅蠅蠅蠅蠅蠅蠅蠅蠅蠅蠅蠅蠅蠅蠅
蠅蠅蠅蠅蠅蠅蠅蠅蠅蠅蠅蠅蠅蠅蠅蠅蠅蠅蠅蠅蠅蠅蠅蠅蠅蠅蠅蠅蠅蠅蠅蠅蠅蠅蠅蠅
蠅蠅蠅蠅蠅蠅蠅蠅蠅蠅蠅蠅蠅蠅蠅蠅蠅蠅蠅蠅蠅蠅蠅蠅蠅蠅蠅蠅蠅蠅蠅蠅蠅蠅蠅蠅
蠅蠅蠅蠅蠅蠅蠅蠅蠅蠅蠅蠅蠅蠅蠅蠅蠅蠅蠅蠅蠅蠅蠅蠅蠅蠅蠅蠅蠅蠅蠅蠅蠅蠅蠅蠅

蠅蠅蠅蠅蠅蠅蠅蠅蠅蠅蠅蠅蠅蠅
蠅蠅蠅蠅蠅蠅蠅蠅蠅蠅蠅蠅蠅蠅
蠅蠅蠅蠅蠅蠅蠅蠅蠅蠅蠅蠅蠅蠅
蠅蠅蠅蠅蠅蠅蠅蠅蠅蠅蠅蠅蠅蠅
蠅蠅蠅蠅蠅蠅蠅蠅蠅蠅蠅蠅蠅蠅
蠅蠅蠅蠅蠅蠅蠅蠅蠅蠅蠅蠅蠅蠅
蠅蠅蠅蠅蠅蠅蠅蠅蠅蠅蠅蠅蠅蠅
蠅蠅蠅蠅蠅蠅蠅蠅蠅蠅蠅蠅蠅蠅
蠅蠅蠅蠅蠅蠅蠅蠅蠅蠅蠅蠅蠅蠅
蠅蠅蠅蠅蠅蠅蠅蠅蠅蠅蠅蠅蠅蠅
蠅蠅蠅蠅蠅蠅蠅蠅蠅蠅蠅蠅蠅蠅
蠅蠅蠅蠅蠅蠅蠅蠅蠅蠅蠅蠅蠅蠅
蠅蠅蠅蠅蠅蠅蠅蠅蠅蠅蠅蠅蠅蠅
蠅蠅蠅蠅蠅蠅蠅蠅蠅蠅蠅蠅蠅蠅
蠅蠅蠅蠅蠅蠅蠅蠅蠅蠅蠅蠅蠅蠅
蠅蠅蠅蠅蠅蠅蠅蠅蠅蠅蠅蠅蠅蠅
蠅蠅蠅蠅蠅蠅蠅蠅蠅蠅蠅蠅蠅蠅
蠅蠅蠅蠅蠅蠅蠅蠅蠅蠅蠅蠅蠅蠅
蠅蠅蠅蠅蠅蠅蠅蠅蠅蠅蠅蠅蠅蠅
蠅蠅蠅蠅蠅蠅蠅蠅蠅蠅蠅蠅蠅蠅
蠅蠅蠅蠅蠅蠅蠅蠅蠅蠅蠅蠅蠅蠅
蠅蠅蠅蠅蠅蠅蠅蠅蠅蠅蠅蠅蠅蠅
蠅蠅蠅蠅蠅蠅蠅蠅蠅蠅蠅蠅蠅蠅
蠅蠅蠅蠅蠅蠅蠅蠅蠅蠅蠅蠅蠅蠅
蠅蠅蠅蠅蠅蠅蠅蠅蠅蠅蠅蠅蠅蠅
蠅蠅蠅蠅蠅蠅蠅蠅蠅蠅蠅蠅蠅蠅
蠅蠅蠅蠅蠅蠅蠅蠅蠅蠅蠅蠅蠅蠅
蠅蠅蠅蠅蠅蠅蠅蠅蠅蠅蠅蠅蠅蠅
蠅蠅蠅蠅蠅蠅蠅蠅蠅蠅蠅蠅蠅蠅
蠅蠅蠅蠅蠅蠅蠅蠅蠅蠅蠅蠅蠅蠅
蠅蠅蠅蠅蠅蠅蠅蠅蠅蠅蠅蠅蠅蠅
蠅蠅蠅蠅蠅蠅蠅蠅蠅蠅蠅蠅蠅蠅

暗い部屋の中では、蠅が飛び交っていた。

おびただしい数だ。

「うわあっ」

子之吉が悲鳴をあげた。

「きゃあっ」

おちかが両手で頭を隠してうずくまる。

蠅は次々に飛び出してきた。

うなるような羽音を発しながら襲ってくる。

そのおぞましい光景を見るなり、呂助の目から光が薄れた。

「う、うーん……」

たちまち気を失った十手屋のあるじは、ゆっくりと仰向けに倒れていった。

十一

「座布団に縫い取られてたのは、僧の名についてた字じゃねえ」

ぬりかべ同心はにやりと笑って続けた。

「あれは、榮《はえ》っていう判じ物だったんだ」

同心はそう言うと、満足げに猪口を口に運んだ。

「これっぽっちも考えませんでした」

呂助が苦い表情で言った。

いよいよ最後の謎解きだ。

十手屋はのれんを下ろしていた。座敷の奥にぬりかべ同心がどっかりと腰を下ろしている。

その前に、相模屋の隠居の徳蔵と手代の寅吉が座っていた。十手屋のあるじの呂助とおかみのおちかは、すぐ厨へ動けるように手前の上がり框に腰を下ろしている。下っ引きの子之吉も控えていた。

囲炉裏にかかった鍋の中では、鶏のもも肉や葱や豆腐などがいい按配に煮えていた。それを取り分けて味わいながら、謎解きを進めるという段取りだ。

「蔵の中で蠅をたくさん飼ってたから、そのえさの肉が腐った臭いがしてたんですな」

徳蔵が言った。

「飼うっていう言い方がいいかどうか知らねえが、蠅を折り紙の鳥を飛ばす力にしてたわけだ。ご隠居が折ったこいつのおかげでひらめいたんだがな」

ぬりかべ同心は座敷に置いてあるものを指さした。

折り紙の鶴だ。

仏罰の鳥も、正体は折り紙だった。

ただし、中に蠅が何匹か入れられていた。腐肉を食って大きくなった凶暴な蠅だ。飛ぶ力は強い。

「でも、仏罰の鳥を飛ばしたのは一回だけでしょう？　どうしてそんなに山ほど飼わなきゃいけないのかしら」

おちかが首をひねった。

「榮明によれば、毎日鳥を折っては蠅を入れて、飛び方を調べてたそうだ」

「なるほど、飛び方を」

十手屋のおかみがうなずく。

「どう折って、どう蠅を入れたらびゅっとまっすぐ勢いよく飛ぶか。いちばん按配のいい鳥にするにはどうすればいいか。折り紙の先に重りをつけたらどうか。蠅は何匹入れるのがいちばんか。その調べのためには、蠅はいくらいてもいいってことだ」

同心はそう伝えた。

「もうちっとましなことに知恵を使えばいいのによう」

呂助が苦笑いを浮かべる。

「まったくで」

子之吉も和す。

「榮明が蠅を使おうとしてたのは仏罰の鳥だけじゃねえ。あわよくば、見世物にも使ってやろうと思案してたらしい。それもあって、あんな途方もねえ数の蠅の群れになったわけだ」

ぬりかべ同心がさらに言った。

「見世物って、蠅の大群を見せるんですかい？」

子之吉が訊く。

「んなもんを見せたって、銭は取れねえぜ。勢いのいい蠅を力に使った見世物だ」

同心は答えた。

「蠅を力に使った見世物ですか。いったいどういうものを思案してたんです？」

おちかが興味深げに問うた。

「でけえ布でつくった大仏の中へ蠅をたくさん入れて、うなりながら動くような仕掛けにするつもりだったそうだ」

同心は妙な身ぶりをまじえて言った。

「また大仏ですかい」

呂助があきれたように言う。

「なんでまた大仏にこだわってたんでしょうかねえ」

寅吉が首をひねった。

「そこまでは分からねえ。たぶん、榮明の野郎にも分かってなかったと思うぜ」

同心はあごに手をやった。

「おのれを大きく見せようとしてたのかもしれないね。秘仏に扮して仏罰の鳥を飛ばす。そういった強い者になりたいという心持ちが高じて、途方もない咎事をやらかすようになったのかもしれない」

　菓子屋の隠居がそんな読みを入れた。

「ただ寺を乗っ取るだけなら、先の住職の桀心に一服盛ればいいだけの話だからな」

　同心は軽く言った。

「大仏の仏罰に当たって桀心が死に、おのれも心の臓の差し込みで死んだことにする。それから、手下の寺男とともに寺を乗っ取って、秘仏に成りすまして御開帳と仏罰でまたもうけをたくらんだわけっすか。ずいぶんと回りくどいことを思案したものですねえ」

　呂助があきれたように言った。

「おのれが推し理芝居の主役になりたいという心持ちが人一倍強かったのかもしれねえな。名代の謎解き師じゃなくて、『望月《もちづき》のごとき欠けのない咎事』を仕組むほうの役だが」

　推し理芝居は欠かさず観ているというぬりかべ同心は、さらに続けた。

「仏だの死だのをわが掌《たなごころ》の上に乗せる、全能の者になりてえっていう欲が強かったんだろうよ。ま、そういう性分だったせいかどうかは分からねえが、榮明は女衒《ぜげん》と紙一重の女たらしで、美濃屋の後妻に送りこんだおとせも情婦だったらしい」

同心はそう伝えた。

「なるほど、操り人形みたいなものだったわけっすか」

子之吉が妙な手つきをまじえた。

「ほかにも二の矢三の矢を放とうと手ぐすね引いてたみてえだな。美濃屋みてえな獲物を狙って、秘仏の御開帳に足を運ばせて、仏罰の鳥を放って心の臓に差し込みを起こさせるわけだ」

と、同心。

「でも、美濃屋はたまたまうまくいったけど、もっといくらでもやり方があったと思うんですけど」

おちかが小首をかしげた。

相模屋の隠居と手代もうなずく。だれしもがそういぶかしむところだった。

「なんでまた、わざわざ仏罰の鳥なんていう手間のかかる仕掛けを思案しやがったんだろう」

呂助が腕組みをした。

「蠅をたくさん飼うだけでも手間なのに」

おちかが言う。

「そりゃあ、榮明の頭ん中へ蠅が一匹入《へえ》っちまったからさ」

ぬりかべ同心が鬢を指さした。

「それで調子が狂っちまったんですかい？」

呂助は苦笑いを浮かべた。

「おうよ。このたびの一件が実録本になったと思やいい。そこに、こんなくだりがあったんだ」

肚に一物ありげな顔で、同心は言った。

「どんなくだりです？」

呂助が身を乗り出して問うた。

「本の見開きが、ことごとく『蠅』で埋めつくされてるのよ。そこを開いて見ちまったら、もういけねえ。頭の調子を狂わせる『蠅』が一匹、知らないうちに入りこんじまって、そのうち羽音が響いて悪さを始めるんだ」

同心はあいまいな顔つきで答えた。

「見たら最後、と」

おちかが首をすくめた。

「うっかり開いて見てしまったら、気が変になってしまうわけですか」

寅吉も怖そうに言う。

「推し理芝居かと思いきや、最後の最後に怪《あや》し芝居に変じるっていう筋書きですか」

隠居が腕組みをした。

「『蠅』の字が一つ、ちょっとだけ違ってたりしたら嫌ですな」

十手屋のあるじが眉間にしわを寄せた。

「おう、そうかもしれねえぞ」

ぬりかべ同心は、妙に楽しそうに笑った。

第二話　すれ違う絵馬

一

その寺には二つの坂があった。

右が男坂、左が女坂だ。

どちらも石段だが、男坂のほうが急で、女坂はゆるやかだが長い。そのため、女坂を上って、男坂を下って帰る参拝客がもっぱらだった。

寺の本堂の前には大きな地蔵が立っている。本尊は菩薩像だが、この地蔵のほうがはるかに有名だ。

人呼んで、赤紙地蔵。

おのれの体に悪いところがあれば、赤紙を買って地蔵のその箇所に貼りつける。目なら目、耳なら耳、といった按配だ。

悪いところに赤紙を貼りつければ、お地蔵さまが身代わりになってくださる。おのれの身は嘘のように良くなる。

そう伝えられていた。

おかげで、地蔵はすっかり赤紙に覆われてしまい、顔はまったく見ることができなくなっていた。

もう一つ、その寺には通り名があった。

絵馬寺だ。

寺の顔と言うべき赤紙地蔵をあしらった絵馬に願い事を記し、日が落ちてからお参りしてお百度を踏めば、願い事は必ず叶う。

これまた、まことしやかにそう伝えられていた。

ただし、一つだけ戒めなければならないことがあった。

お百度を踏むときは、必ず一人でなければならない。

そして、境内ではひと言も発せず、無言を貫かねばならない。

もし何かしゃべってしまったなら、それまで掛けてきた願はもろくも崩れ去り、一からやり直さなければならない。

それが必ず護らねばならない掟だった。

おかげで、夜の心証寺《しんしょうじ》の境内は静かだ。人の話し声はいっさい響かない。絵馬を吊るすとき、前の絵馬と触れ合ってたまさか音が響くくらいだ。

赤紙地蔵の右手、男坂のほうに男は絵馬を吊るし、左手の女坂のほうには女が吊るす。地蔵の赤紙と同じく、絵馬も鈴なりになっていた。

名と住んでいる町、それに月日は必ず記さなければならない。そうでなければ、お地蔵さまが願いを叶えさせることができないからだ。

しやうばいはんじやう
よこやま町　大松や留吉
二月廿日

かんだ多町　そめ
むすめがそだちますやうに
二月廿一日

太助さんにそへますやうに

ねづごんげんうら　やへ
二月廿二日

それぞれの願いを記した絵馬が吊るされている。
どの絵馬にも、人々の素朴な願いが表れていた。
だが……。
子細に見れば、なかには妙な絵馬もあった。
いやに字が多く、何を願っているのか腑に落ちないような絵馬だ。
今夜もまた、下駄の音が響く。
提灯を提げ、男と女が願を掛けにくる。
そして、また一枚、寺に絵馬が吊るされる。

二

「こないだからちょいと目の按配が悪いので、谷中《やなか》の心証寺へお参りに行ってきたんですよ」

やや浮かない顔で、玉造《たまぞう》が言った。

ぬりかべ同心こと、甘沼大八郎同心の手下で、平生《へいぜい》は女房のおみえとともにかわら版屋を営んでいる。

江戸の繁華なところへ繰り出してはかわら版を売りさばいているから、おのずと地獄耳になる。町方にとってはなにかと重宝な男だ。

「まあ、それは大変ね」

十手屋のおちかが気の毒そうに言う。

玉造の女房のおみえは妹だから、義理の弟になる。

「心証寺って言うと?」

肴の仕込みをしながら、呂助が首をかしげた。

もと大呂木の呂助にとってみれば、もと颷の子之吉と同じく、玉造は弟弟子にあたる。現役時代の四股名は玉乃肌《たまのはだ》。抜けるように白い肌が人気の美男力士だったが、惜しむらくは実力のほうがからっきしで取的どまりだった。

「赤紙地蔵ですよ」

玉造は答えた。

「ああ、絵馬がたくさん吊るされてる寺か」

呂助はうなずいて、鰺《あじ》のつみれをつくりだした。

「そうです。絵馬寺とも言います」

玉造は茶で喉をうるおしてから続けた。

「どうも目の前で小さな蚊が飛んでるような按配で、気味が悪くて仕方ないので、赤紙地蔵の目のところに一枚貼っつけてきたんです」

ぬりかべ同心の手下のかわら版屋は、おのれの目を指さした。

「疲れがたまると蚊みたいなのが見えるらしいよ」

おちかが言った。

「夜もかわら版の文句を思案したりしてたんで」

玉造は豊かな本多髷に手をやった。

力士はぶつかり稽古をするから髪が早めに擦り切れたりするが、この男にはそんな心配はない。

「あんまり気にかかるなら、絵馬も納めておいたらいいよ」

おみえが水を向けた。

「そうだな。ひどくならないうちに、もういっぺん行ってくるか」

玉造が答える。

「転ばぬ先の杖だからな。そうしとけ」

呂助はそう言うと、包丁の背で調子よくつみれをたたきだした。

三

心証寺に、また新たな絵馬が掛けられた。

男坂のほうだ。
願いの言葉は、こう読み取ることができた。

よくよく仏様におねがひ申し上げます
心より願ひ申し上げます
いちぞくみな恙《つつが》なく
みなすこやかで美しく
おこたりなくあきなひに励めますやうに

京屋　巳之吉
二月廿三日

その絵馬の前で、一人の女が足を止めた。
胸さわぎを感じたのだ。
夜の境内に人影はない。女は提灯を近づけ、じっと絵馬を見つめた。

ややあって、その表情がだしぬけに変わった。
ほかの日付が古い絵馬を探す。京屋の巳之吉が掛けた絵馬だ。
見つかった。
こう記されていた。

重ねてよくよくおねがひいたします
京屋のみながしあはせになりますやうに
おたなのみなが笑顔でゐられますやうに
まつすぐなあきないができますやうに
お願ひ申したてまつります

京屋　巳之吉
二月十五日

女はまた提灯をかざした。

ゆっくりとうなずく。

その目の奥には、あるたしかな灯《ひ》がともっていた。

四

絵馬寺でお百度を踏む者はいっさい声を発してはならない。

それが決まりだ。

だが、ひとたび寺を離れれば、その戒めは関わりがない。

いくらか歩けば出合茶屋などもある。人目につかないところで密談をする場所には事欠かなかった。

ややあって、今度は左手の女坂のほうに一つの絵馬が掛かった。

こう読み取ることができた。

てつだひが見つかりますやうに

いつでもかまひませんから
いままで世話になつた人がやめ
わたしだけ良くして下さつた方も去り
あなたにまかせますので仏様よしなに

近江屋　ちさ
三月四日

同じ女が奉納した絵馬は、折にふれて心証寺の境内に吊るされた。どの願い事も無駄に長く、いま一つ要領を得ないのが常だった。たとえば、こんな絵馬だ。

つらいときも苦しいときも
いいときも悪いときも
お前はいちばんだよと

やさしく言ってくれて
つかれをどつと和らげてくれる人をお願ひします
近江屋　ちさ
三月八日

一応のところは、続き物の願い事になっていた。新たな見世の手伝いが見つかりますようにという願い事だ。

しかし、それならば、もっといくらでも要領よく書くことができるはずだ。なぜ五行にわたって細かい字でびっしりと書きこまなければならないのか、なかなかにいぶかしいことだった。

その後も、こんな絵馬が出た。

よんどころないわけがあり
よく素性の分からない人をやとひ

よくその人が分からず
よくよく思案をせねばと思ひました
わたくしや見世に利になる人を願ひます

近江屋　ちさ
三月十四日

その絵馬をしげしげと見て、首をかしげた男がいた。

玉造だ。

赤紙地蔵の目のところに赤紙を貼り、妙な蚊みたいなものが飛ばないようにとお参りをした。

その帰りに、持ち前の好奇心《すきごころ》を起こして絵馬をあらためていたところ、近江屋のおちさという女が奉納した絵馬が目に留まったのだった。

頭の字に「よ」が続くし、「よく」も無駄に使われている。

ことによると、これは判じ物ではないだろうか。

そう考えた玉造は、しばし思案してみた。

しかし、それより先へ進むことはできなかった。

夜になって、風がだんだん冷たくなってきた。

玉造は奉納者の名を記憶にとどめただけで、心証寺を後にした。

五

「一杯くんな。咎事の調べでちと疲れた」

十手屋ののれんをくぐるなり、甘沼大八郎同心が言った。

定紋付きの黒羽織のなりだ。咎事の調べをひとわたり行ってきた帰りに寄ったらしい。

「どういう咎事だったんです？」

ちょうど居合わせた玉造が訊いた。

かつては浦崎《うらさき》部屋で一緒に稽古した仲だ。もっとも、周りに止められて力士にはなれなかったぬりかべ同心のほうがはるかに強かった。

もと玉乃肌の玉造ばかりではない。今日は見廻りでいないもと颰の子之吉もわらべ扱いで、もと大呂木の呂助だけがどうにか相手がつとまるくらいだった。ぬりかべ同心が本当に力士になっていたら、「浦崎部屋は色物ばかりで強いやつは一人もいない」などという陰口はたたかせなかっただろう。

「咎事かどうか決まったわけじゃねえんだ。商家のおかみが毒を盛られたようなんだが、おのれがのんだっていう筋もねえわけじゃねえ。ただ……」

出された冷や酒に口をつけると、同心は少し間を置いてから続けた。

「どうもおれには気に入らねえところがあってな。過ぎたるはなお及ばざるがごとしって言うじゃねえか」

「どうも話が見えねえんですが」

と、玉造。

「殺められたのはだれなんです？」

女房のおみえがたずねた。

「神田明神下の瀬戸物問屋、京屋《きょうや》のおかみのおすみっていう女だ。しっかり者で、入り婿の巳之吉《みのきち》は尻に敷かれてまったく頭が上がらねえっていうもっぱらの評判だった」

同心は答えた。

「なら、その入り婿が怪しいっすね」

ちゃんこ鍋の支度をしながら、呂助が言った。

「だれしもがそう思うところだがよ」

ぬりかべ同心は座り直して続けた。

「おすみが死んだ日、巳之吉は問屋仲間と一緒に遠く離れた相州《そうしゅう》の大山《おおやま》に詣でてた。こりゃ一点の曇りもねえ『居らずの証』だ」

「なるほど、居らずの証があったんですかい」

十手屋のあるじは得心のいった顔つきになった。

「そこが『過ぎたるはなお及ばざるがごとし』よ」

同心はそう言ってまた酒を口に運んだ。

「と言いますと？」

おかみのおちかがたずねた。

「巳之吉は内気な性分で、それまでは仲間うちの講なんぞにも乗り気じゃなく、しぶしぶ顔を出してただけだった。ところが、このたびの大山詣での講はおのれから進んで手を挙げ、面倒な支度を引き受けていた。解せねえ話じゃねえか」

同心が答える。

「なるほど。京屋の巳之吉が進んで居らずの証をつくろうとしていたと考えれば、きれいに平仄《ひょうそく》が合うわけですか」

玉造がひざを打った。

「そのとおりだ」

ぬりかべ同心はにやりと笑って続けた。

「おかみのおすみはずいぶんときつい性分で、ときには入り婿に手を上げることもあったらしい。引っぱたかれた巳之吉が顔を腫らしてる姿をいくたりもが見てる。女房を殺めようと思い立っても、いっこうに不思議じゃねえ」

「おかみさんはどうやって殺められたんです?」

おみえが肝心なことを訊いた。

「習い事でやってた琴の寄り合いで死んじまった。どうやら茶碗蒸しに毒を仕込まれたらしい」

「寄り合いですか」

と、おみえ。

「琴の先代の師匠の命日に合わせて、法事がてら毎年行われる寄り合いだから、前々から日取りは分かってる。巳之吉がその日に合わせて居らずの証をこしらえることもできるわけだ」

ぬりかべ同心は軽く唇をなめた。

「段取りを整える時はふんだんにあったわけっすね」

呂助が手を止めて言う。

「時がありすぎて、居らずの証の押し売りみてえな按配になっちまったのはとんだお笑いだがな」

同心はそう言うと、肴に出された大根の煮物を口に運んだ。

「押し売りと言いますと？」

おちかが問う。

「訊かれもしてねえのに、大山の宿坊や先導師の名を告げて、そんなに遠く離れてなければ殺しを止められたかもしれないと嘘泣きしやがったそうだ」

同心は答えた。

「そりゃ怪しすぎますな」

玉造は苦笑いを浮かべた。

「だったら、巳之吉がだれかにやらせたのかも」

おみえが言う。

「その琴の集まりはどこかの寺でやったんですかい？」

呂助が訊いた。

「おう。精進料理を出す宿坊もやってる寺でな。料理を座敷に運び入れるのはみなで手伝いながらやるのが習いだった」

と、同心。

「なら、素早く茶碗蒸しに毒を入れることもできるかも」

おみえがうなずいた。

「京屋の女房の琴仲間に怪しそうな女は？」

呂助がたずねた。

「巳之吉が手先に使えそうなやつだな？」

同心が問い返す。

「ええ」

「それは帳面に控えてきた。その日、寺に集まった琴仲間は七人いた」

ぬりかべ同心はそう言って、帳面を見せた。

「ちょいと拝見」

玉造が覗きこむ。

ややあって、その表情がふと変わった。

「……近江屋のおちさ」

その名を読み上げ、首をひねる。

どこかで関わりのあった名のような気がするが、いったいだれなのか、にわかには思い出せなかった。

「何か心当たりがあるのかい」

同心が問う。

「あっ」

玉造は声をあげた。

どこで見た名なのか、だしぬけに思い出したのだ。

六

「ああ、着いた着いた。女坂でもなかなかに大儀です」

玉造がそう言って太ももをさすった。

「おめえは足腰が弱かったからな」

甘沼同心がややあきれたように言った。

十手屋が休みの日、谷中の心証寺へ皆で調べ物に行くところだ。赤紙地蔵、もしくは絵馬寺でも名が通っている。

男坂は石段が難儀だから、女坂のほうを上ることにした。どちらを通っても心証寺の境内に出る。

やがて、面妖なものが見えてきた。体じゅうに赤い紙を貼られた地蔵だ。

「こうして見ると、顔のねえ地蔵ってのは不気味なもんだな」

呂助が赤紙地蔵を指さす。

「皆が赤紙を貼るんで顔が隠れてるだけなんだが、隠されてると不気味に感じたりするもんだ」

同心は瞬きをしてから続けた。

「ちょいと調べてみたんだが、この地蔵、どうもいわれがはっきりしねえんだな。だいぶ古いことは分かるが、いつごろから赤紙が貼られるようになったのかよく分からねえ。……ま、えたいの知れねえ地蔵のことはいいや」

ぬりかべ同心は手を打ち合わせた。

「で、絵馬をあらためるのかい？」

つむじ風の子之吉が弟子にたずねた。

「しらみつぶしに調べて、一つずつあらためていくのがいちばんかと」

玉造が言った。

「怪しまれやしませんかい」

呂助が声を落とした。

「そうだな。住職にわけを話して、検分をやらせてもらうことにしよう」

ぬりかべ同心が言った。

「古い絵馬は寺の蔵のほうへ行ってるかもしれませんからね」

玉造が絵馬を掛ける板のほうを指さした。

もうかなり鈴なりになっているから、目星をつけたものだけ探し出してあらためるのは時がかかりそうだ。

「よし。まずは絵馬を総ざらいだ。住職に話をつけてこよう」

同心は大股で歩きだした。

段取りは滞りなく進んだ。

心証寺の住職の了解を得た一同は、手分けをして絵馬を探した。さすがに絵馬寺の異名を取るだけあって、男坂と女坂の両側にある朱塗りの絵馬掛けはずいぶんと幅広く、絵馬が鈴なりになっている。

まずは、「近江屋のおちさ」が吊るした絵馬を探した。

いくらか右上がりの同じ筆跡《て》になる絵馬は、すべて左の女坂に近い絵馬掛けに吊り下げられていた。

「このあたりまでは、見かけたような気がします」

玉造が指さした。

絵馬には名と日付を入れるのが習わしだ。近江屋のおちさが奉納したその絵馬は三月十四日付のものだった。

「京屋のおかみのおすみが殺められたのは三月二十八日だ。四月になってからも、おちさの絵馬が奉納されてるな」

ぬりかべ同心の目つきが鋭くなった。

「ああ、これですか」

玉造も気づいた。

その絵馬には、こう記されていた。

番町にあたりがありましたが
その人は都合が悪くなりました
もうたのむ当てがありません
仏さまなんとかお願ひします

よき人にあたりますやうに
近江屋　ちさ
四月二日

「ずっとお手伝いさんを探してるみたいですね」

おちかがやや腑に落ちない顔で言った。

「それなら、寺に願なんか掛けるより、さっさと口入れ屋へ行ったほうが早え《はえ》はずだがなあ」

呂助も首をひねる。

「あ、またあった」

おみえが声をあげた。

またしても「近江屋　ちさ」の絵馬が見つかったのだ。

「さっきの絵馬から八日後だな」

同心は日付をたしかめると、絵馬に目を落とした。

てつだひがなかなか見つかりませぬ
もし見つからなければ難儀をします
お早く見つけてくださいまし
探してやつと見つかつたら御礼をします
このたびはくれぐれもよしなに

近江屋　ちさ
四月十日

「ふふっ」

ぬりかべ同心が鼻で嗤《わら》った。

「旦那は何か感づいてるようですね」

かわら版屋の女房が言った。

「まあな」

同心が懐手をして答える。

「さっぱり分からねえな」

子之吉が腕組みをした。

「こっちは女坂だからよ」

同心は謎をかけるように言った。

「さっぱり分かりませんなあ」

呂助はお手上げの様子だった。

「なら、次は男坂のほうをあらためるか」

同心は右手のほうを示した。

「近江屋の絵馬はまだありそうですけど」

おみえが言う。

「そりゃまたあとでいいや。行くぜ」

ぬりかべ同心はそう言うなり、先に立って歩きだした。

七

「京屋の巳之吉の絵馬を端からあらためてくれ」

ぬりかべ同心は絵馬掛けを手で示して言った。

「日付はどうでもいいんですか？」

玉造が問う。

「ことに大事なのは、四月に入ってからの絵馬だ。いまはまだ四月だからな」

同心がそう答えたとき、おみえがさっと手を挙げた。どうやらいち早く見つけたらしい。

男坂のほうの絵馬掛けに、「京屋　巳之吉」の絵馬があった。

こう記されていた。

江戸のしにせである京屋ののれんが

この先も続くやうに
末々までできるだけ続きますやう
あそこは羽ぶりがいいと言はれますやうに
どうかお願ひいたしまする

京屋　巳之吉
四月十一日

「書き誤りを直したあとがありますね」

玉造が指さした。

「末々『迄』、と書いちまったのを、末々『まで』に直したのか。ご苦労なこった」

同心がまた鼻を鳴らした。

「べつに直さなくったって良さそうなものだけど」

おみえが小首をかしげる。

「そういうわけにもいかねえんだ。……ほかはどうだ？」

同心は周りを見回した。

「探すとわりとあります。これなんかもそうっすね」

子之吉がそう言って手で示したのは、京屋の巳之吉が奉納した二月十五日付の絵馬だった。

同心が目を通す。

「どうやら願い事はかなったようだな。どこからか神の使いでも現れたんだろうよ」

ぬりかべ同心はそう言うと、また女坂のほうへ向かった。

急いで次の絵馬を探す。

「おお、あったぜ」

同心は声をあげた。

「近江屋のおちさの絵馬ですかい？」

十手屋のあるじが問う。

「そのとおりだ。本丸に近づいてきやがった」

ぬりかべ同心は手ごたえありげな顔つきで次の絵馬を示した。

りつといふ娘に決まりかけたのですが
こまつたことに破談になつてしまひました
町に集ふ衆に声をかけてもらちが明かず
近江屋の不徳の致すところでせうか
だれでも碁を打てる上野黒門町扇屋角入る二八蕎麦で声かけてみます

近江屋　ちさ
四月十七日

「黒門町の扇屋ですかい」

子之吉が覗きこんで言った。

「おう、そこの角を入ったところに、いい按配にだれでも碁を打てる二八蕎麦屋があるそうだ」

笑いをかみ殺して、同心が言った。

「あの辺には詳しいけど、そんな蕎麦屋があったかなあ」

玉造はけげんそうな顔つきになった。

そこで、男坂のほうから声が飛んだ。

「またありましたよ、旦那」

おみえが告げた。

「おう、いま行く」

ぬりかべ同心は大股で近づいた。

おみえが見つけたのは、「京屋　巳之吉」の新しい絵馬だった。

「日付は？」

同心は短くたずねた。

「四月の十九日です」

おみえが答える。

「ほほう、そりゃちょうど按配がいいや」

ぬりかべ同心は上機嫌で言うと、絵馬に目を落とした。

あきんどとしてやることがございます
末長く商売繁盛を念願してをります
わが願ひを聞いてくださいまし
はやく来たかつたのですが今日になりました
どうか願ひを聞いてくださいまし

京屋　巳之吉
四月十九日

「やっとやる気になったのかい」

同心は笑みを浮かべた。

「何をです？　旦那」

おちかがたずねた。

「ま、そのうち分かるさ」

ぬりかべ同心は軽くはぐらかすと、また女坂のほうへ歩み寄った。

ほどなく、いちばん新しい絵馬が見つかった。

こう記されていた。

にこにこしてゐます
みなほつとしてをります
むかし会つた娘に決まりました
ほんによきことでした

近江屋　ちさ
四月廿日

「お手伝いが見つかったようですね」

おみえが素直に受け止めて言った。

「あとは網を張るばかりだな、二十八日に」

ぬりかべ同心は腕を撫《ぶ》した。

「どうして二十八日なんです？」

玉造がいぶかしげに問う。

「それもちゃんと書いてあるぜ。ま、おめえにはひと肌脱いでもらうから、あとで謎解きをしてやろう」

同心は言った。

「まだ呑みこめねえけど、いよいよ大詰めのようですな」

呂助が両手を打ち合わせた。

八

二十八日の昼下がり——。

蠟燭問屋近江屋のあるじの捨吉《すてきち》は、手代とともに上野黒門町の扇屋の角を曲がった。

後妻のおちさは、町内の観音講で鎌倉の長谷寺《はせでら》に向かっている。どうあってもこの日に行くと言って聞かなかったから、いつものように怒りにまかせて手も上げたのだが、いくらぶたれてもおちさは考えを曲げなかった。やむなく見世は番頭に任せてある。

おちさは三番目の後妻だ。あきないでは外面のいい捨吉だが、家ではすぐ女房を殴る。ときには売り物の蠟燭に火をつけて責めることすらある。そのせいで、前の二人の女房は逃げ出してしまった。

釣った魚に餌を与えたりしないのが捨吉という男だ。今日はしぶしぶ鎌倉行きを認めたが、今後は嫌と言うほどこき使ってやろうと思っている。

「ちょいと早かったかね」

捨吉はそう言って白と黒ののれんをくぐった。

そこは二八蕎麦屋ではなかった。絵馬にそう記されていたのは、「二十八日にやる」という謎かけだった。

「いらっしゃいまし。ようこそのお越しで」

席亭が笑顔で言った。

「今度は勝たせてもらうよ」

捨吉は軽く右手を挙げた。

そこは碁会所だった。碁は捨吉のいちばんの趣味だ。いままで研鑽《けんさん》を積んできたから、腕に覚えはある。

今日は季節に一度の大きな争いだ。勝った者には豪華な品が与えられる。金さえ払えばだれでも加われるから、結構な人数になることもあった。すでに簡便な碁盤がいくつも並べられ、先客が稽古碁を打っていた。

「はて……」

腰を下ろした近江屋の捨吉は首をひねった。

二人の先客の碁が目に留まったのだ。

片方は着流しで、八丁堀風のいなせな髷を結っている。鼻筋の通ったなかなかの男っぷりだが、いやに図体がでかい。前にぬっと現れたら向こうが見えなくなってしまいそうな横幅だ。

もう片方は色白の優男《やさおとこ》だ。その二人が稽古碁らしきものを打っているのだが、これがまあ目が腐りそうな碁で、筋も何もまったく話にならなかった。

(これくらいの腕で碁の争いに出てくるとは、いい度胸だな)

捨吉は鼻で嗤った。

ほかにも見かけない顔がいた。番茶の大きなやかんの近くに荷を下ろし、争いが始まるのを待っている。どこぞの商家のあるじのような雰囲気だが、いままで一度も見たことのない顔だった。

碁会所の前も、いやに人通りがあった。同じ頬被りをした棒手振りが行ったり来たりしているように見える。

そうこうしているうちに、碁打ちが三々五々集まってきた。

席亭が銭を集め、あみだくじで組み合わせを決める。

捨吉の初戦はぬりかべみたいな男と決まった。

「よろしく頼むぜ」

相手が言った。

「こちらこそ」

近江屋のあるじはにこやかに答えた。

「では、始めてください。長考はご遠慮を」

席亭が言った。

さっそくほうぼうで石音が響きはじめた。

八丁堀風の大男は碁の決まりも分かっているのか怪しいくらいで、ぽんぽん打ち進めては石を取られていった。とても捨吉の敵ではない。

（こりゃあ、楽な相手に当たったな）

捨吉はほくそ笑んだ。

ややあって、商家のあるじ風の男が盆を運んできた。

抜け番でもないのに、近くの男たちにやかんから注いだ茶を運ぶ。その合間におのれの着手も済ませる。なかなかに気遣いのある男だ。

しかし……。

よくよく見ると、男の表情はいやにこわばっていた。指もかすかにふるえている。

「どうぞ」

八丁堀風の大男の前に、まず湯呑みが置かれた。

「ありがとよ」

ぎろりとにらむ。

「……どうぞ」

続いて、商家のあるじ風の男は捨吉の前に湯呑みを置いた。

近江屋のあるじがすぐさま手を伸ばす。

その刹那、碁の相手の顔つきが変わった。

「待ちな」

甘沼大八郎同心は鋭く言った。

「その茶を呑んじゃいけねえ」

同心はそう言って、運んできた男をにらみつけた。

「おう、京屋の巳之吉、この茶を呑めるものなら呑んでみやがれ」

ぬりかべ同心は啖呵を切った。

男の顔から血の気が引く。

「捕り方、出あえ」

同心は大音声で叫んだ。

「わあああっ」

京屋の巳之吉はうろたえて逃げようとした。

だが……。

その体がふわっと宙に浮いた。

玉造がすそ払いをかけたのだ。もと玉乃肌の、ほとんどそれしかない得意技だ。

碁会所の前の通りをうろうろしていたのは、みな町方の捕り方だった。

「御用だ」

「御用」

やつしをやめて十手を抜く。

「神妙にしな」

ぬりかべ同心が倒れた男の襟首をつかみ、ぐいと持ち上げた。途方もない力だ。

「おう、ふん縛《じば》ってやれ」

同心は捕り方の前へ片手で男を放り投げた。

近江屋の捨吉に毒を盛って殺めようとした男は、たちまちわっと取り囲まれてお縄になった。

九

「なるほど、そのお茶に毒が入ってたんですか」

おちかが少し眉をひそめ、お代わりの徳利を置いた。

十手屋では、このたびの件の謎解きが始まっていた。出番がなかった相模屋の隠居と手代も聞き役に加わり、甘沼同心の講釈を拝聴している。

「碁にたとえて言うなら、こっちの読み筋に入ってたからよ」

ぬりかべ同心は得意げに言った。

「碁はお強いんですか、旦那は」

相模屋の隠居の徳蔵が問う。

「いや、五目並べなら何とかなるんだが」

同心は苦笑いを浮かべた。

「捨吉のやつ、妙な顔で見てましたね」

玉造がおかしそうに言った。

「一服盛られるところだったから、さすがに冷や汗をかいてたな。これを機に多少は捨吉の行いも改まるだろうよ」

今日は着流し姿の同心が言った。

「本当は女房のおちさに一服盛られるところだったんだが、見ず知らずの京屋の巳之吉にやられかけたってわけか」

呂助がそう言って、真新しいかわら版を手で示した。

玉造とおみえは文案を思案し、かわら版に仕立てて売りさばいた。世にも珍しい「代わりばんこ殺め」は江戸の人々の興味を引き、飛ぶような売れ行きだったらしい。

「おのれが疑われないように、うんと遠くへ出かけて行って『居らずの証』をこしらえるわけだ。京屋のおすみが毒で殺められたときは、いちばん疑われる巳之吉が大山で『居らずの証』をつくり、近江屋のおちさが手を下す。おちさにはおすみを殺めなきゃならねえ『強え心の働き』がねえ。よって、知らぬ存ぜぬで通せばお咎めは受けねえっていう筋書きよ」

同心は立て板に水で言った。

「それで、今度は『代わりばんこ殺め』で、近江屋のおちさが長谷寺で『居らずの証』をつくり、京屋の巳之吉が近江屋の捨吉を殺めようとしたところで捕まったわけですよ」

　玉造が言った。

「咎人どもはどう言ってるんですかい？」

　呂助が問うた。

「巳之吉もおちさも憑き物が落ちたらしく、すっかり観念して洗いざらいしゃべってら」

　同心は猪口の酒を呑み干してから続けた。

「かわら版にも謎解きが細かく書いてあったが、このたびの咎事は、近江屋のおちさが京屋の巳之吉の絵馬をじっと見て、そこに仕込まれてた判じ物に気づいたところから始まったわけだ」

　同心はそう言うと、かわら版を指さした。

　こう記されていた。

よくよく仏様におねがひ申し上げます
心より願ひ申し上げます
いちぞくみな恙なく
みなすこやかで美しく
おこたりなくあきなひに励めますやうに

京屋　巳之吉
二月廿三日

重ねてよくよくおねがひいたします
京屋のみながしあはせになりますやうに
おたなのみなが笑顔でゐられますやうに
まつすぐなあきなひができますやうに
お願ひ申したてまつります

京屋　巳之吉
二月十五日

絵馬の判じものをやすやすと見破りし女は
居らずのあかしを巧みに使ひ
ここは怖ろしき咎事を企てんと
およそありうべからざる絵図面を引けり
おそろしきことなり

「何もここまでやらなくても良さそうなもんだが」

ぬりかべ同心があきれたような顔つきになった。

巳之吉の絵馬の判じ物とまったく同じ並びを使って、「おそろしや」という字が埋めこまれていた。

「なにぶん凝り性で」

玉造が言った。

「浦崎部屋は知恵ならいちばんだと言われてたから」

ちゃんこ鍋の支度をしながら、呂助が言った。

「力比べだとだいぶ下でしたが」

と、子之吉。

「おれが入ってたら上のほうへ行けたのによ。ま、それはそれとして……」

ぬりかべ同心は座り直して続けた。

「絵馬寺には、女坂と男坂がある。右手の男坂の石段のほうがきついから、みんな左手の女坂を上って男坂を下る。その下りの急な石段を模した判じ物だったわけだ」

同心がまずその謎を解いた。

「で、ここからですね」

玉造が言った。

「近江屋のおちさは『魔が差してしまった』『初めからこんな大それたことを企てるつもりじゃなかった』とかぬかしてるが、『代わりばんこ殺め』の絵図面を引いたのはおのれだからな」

と、同心。

「でも、心証寺にお百度を踏むあいだはしゃべってはいけないはず。どこで初めの相談をしたんでしょうねえ」

おみえが首をかしげた。

ここで、ちゃんこ鍋の支度が整った。

すでに囲炉裏には火が入っている。鶏団子にいわしのつみれ、焼き豆腐にしらたきに葱に蒲鉾、具だくさんの味噌仕立てのちゃんこ鍋をかけ、すり胡麻の入った皿に取り分けてめいめいが食す。浦崎部屋自慢のちゃんこ鍋だ。

「相談の話だが、寺があるのは谷中だ。根津や不忍池《しのばずのいけ》のほうまで歩いていきゃ、男女がお忍びで使う出合茶屋がいくらでもある。おちさと巳之吉はその一つに入って、『代わりばんこ殺め』のおおまかな筋書きをつくったらしい」

同心はそう伝えた。

「ただ、そのあとは境内で落ち合って細かいところを詰めるわけにはいきません。声も出せないわけですし」

玉造が唇の前に指を立てる。

「そこで、絵馬に判じ物を入れてつないでやがったわけか。面倒なことを考えついたもんだ」

呂助がややあきれたように言った。

「急な下りの右手の男坂には巳之吉が、ゆるい上りの左手の女坂にはおちさが絵馬を吊るしてた。おちさのほうはこんな按配だ」

同心はまたかわら版を示した。

てつだひが見つかりますやうに
いつでもかまひませんから
いままで世話になつた人がやめ
わたしだけ良くして下さつた方も去り
あなたにまかせますので仏様よしなに

近江屋　ちさ

三月四日

つらいときも苦しいときも
いいときも悪いときも
お前はいちばんだよと
やさしく言ってくれて
つかれをどつと和らげてくれる人をお願ひします

近江屋　ちさ
三月八日

よんどころないわけがあり
よく素性の分からない人をやとひ
よくその人が分からず
よくよく思案をせねばと思ひました

わたくしや見世に利になる人を願ひます

近江屋　ちさ

三月十四日

「おいら、その絵馬、この目で見てたんですがねえ」

玉造が悔しそうに言った。

「左のほうの女坂は、下から上らなきゃならねえからな。それに気がつかねえと、一生かかっても解けねえや」

同心が判じ物の左から右のほうへ指をすべらせた。

「ほんに、情けねえことで」

かわら版屋が舌打ちをする。

「『まだ待って』『毒はいつ』『約束よ』……と巳之吉とやり取りしているあいだに毒がおちさの手に渡ったわけね」

おみえがうなずく。

「お参りする刻《とき》だけ決めときゃ、日が分かりゃ寺の境内ですれ違うときに黙って毒を渡したりできるからな」

同心はそう言って、味のしみたつみれを口中に投じた。

「毒が渡ったあとの『約束よ』というのは、いささかおっかないですな。『先にわたしがやるから、約束どおり亭主を殺してね』と言ってるわけだから」

隠居の言葉に、手代の寅吉がうなずいた。

「おちさが京屋のおかみに毒を盛ったのはいつでしたっけ？」

子之吉が問う。

「三月二十八日だ。そのあとは、こんなやり取りが続いた」

ぬりかべ同心は、詳しく伝えているかわら版をまた指さした。

番町にあたりがありましたが
その人は都合が悪くなりました
もうたのむ当てがありません
仏さまなんとかお願ひします

よき人にあたりますやうに

近江屋　ちさ

四月二日

てつだひがなかなか見つかりませぬ
もし見つからなければ難儀をします
お早く見つけてくださいまし
探してやつと見つかつたら御礼をします
このたびはくれぐれもよしなに

近江屋　ちさ

四月十日

「これはおれが見破ってやった判じ物だ。先に近江屋のおちさが京屋のおかみのおすみに一服盛って殺めた。次は『あなたの番』だから『早くして』と迫ったわけだ」

同心が得意げに言った。

「そこからは、ばたばたと段取りが進みましたね」

今度は玉造がかわら版を指さした。

江戸のしにせである京屋ののれんが
この先も続くやうに
末々までできるだけ続きますやう
あそこは羽ぶりがいいと言はれますやうに
どうかお願ひいたしまする

京屋　巳之吉
四月十一日

りつといふ娘に決まりかけたのですが
こまつたことに破談になつてしまひました
町に集ふ衆に声をかけてもらちが明かず
近江屋の不徳の致すところでせうか
だれでも碁を打てる上野黒門町扇屋角入る二八蕎麦で声かけてみます

近江屋　ちさ
四月十七日

あきんどとしてやることがございます
末長く商売繁盛を念願してをります
わが願ひを聞いてくださいまし
はやく来たかつたのですが今日になりました
どうか願ひを聞いてくださいまし

京屋　巳之吉
四月十九日

にこにこしてゐます
みなほつとしてをります
むかし会つた娘に決まりました
ほんによきことでした

近江屋　ちさ
四月廿日

どこでやる　碁の集まり
どくを盛る　よしなに

絵馬にこめられた判じ物は、そう読み取ることができた。

「亭主におあつらえ向きに碁の争いがあったから、それに合わせておのれは『居らずの証』をつくっておく。そのあいだに、京屋の巳之吉が初めて顔を見る近江屋のあるじに毒を盛ろうとしたところで……」

同心はおのれの手首をばっとつかんだ。

「あえなくお縄になったわけですね」

玉造が白い歯を見せた。

「ただ、ちょっと腑に落ちないんですけど……」

徳利を運んできたおちかが言った。

「何が腑に落ちねえんだい、おかみ」

同心が問う。

「ええ。絵馬の判じ物の謎解きは分かったんですけど、そもそも、どうしてそんな面倒なことをしなければならなかったんでしょう」

おちかは小首をかしげてから徳利を置いた。

「絵馬寺に願を掛けてるときにしゃべるのはご法度になってるんで」

玉造がそう言って、いい色合いの葱を口に運んだ。

「でも、初めに段取りを打ち合わせたのは出合茶屋だったはず。その後もどこかの出合茶屋で落ち合って、段取りを決めていけばいいだけのような気がするのよ」

十手屋のおかみは、そういう根っこのところから疑っていた。

「たしかに、そりゃそうなんだ、おかみ」

ぬりかべ同心は苦笑いを浮かべた。

「よっぽど判じ物が好きだったんだろうかねえ」

相模屋の隠居が首をかしげる。

「まるで、どちらもだれかに操られて無理に難儀な役を演じさせられていたかのようですが」

追加のたれを運んできた呂助が言った。

「だれかって言やあ……」

ぬりかべ同心はまた猪口の酒を呑み干すと、妙にあいまいな顔つきになって続けた。

「大詰めの謎解きで降ってわいたように、いままでまったく登場しなかったか、影が薄かった真の咎人が現れるという推し理芝居があったら、客は度肝を抜かれるだろうぜ」

「すると、このたびの咎事もそうだったと?」

呂助が声を落として続けた。

「そりゃどうか分からねえが、一人だけ顔が見えてなかったやつがいた。そいつが咎人たちの心を操ってたとすりゃあ、妙なつじつまは合う」

同心は人形を操るようなしぐさをまじえて言った。

「それはだれです?」

かわら版屋の女房が身を乗り出した。

ぬりかべ同心は、少し間を持たせてから答えた。

「赤紙地蔵だ」

十

いくらか経ったある晩――。
心証寺の右手、男坂の絵馬掛けの前で、一人の男が足を止めた。
じっと絵馬を見る。
ややあって、男はふとうしろを見た。
だれかに見られていたような気がしたからだ。
しかし、だれもいなかった。
赤紙に顔を覆われた地蔵が月あかりに照らされているだけだった。
その見えない顔を、男はずいぶん長く見つめていた。

それから……。
さらに時が経った。
前に絵馬をじっと見ていた男が、再び心証寺に姿を現した。
周りに人がいないことをたしかめ、絵馬を掛ける。
そこには、こう記されていた。

仏さまにお願ひ申し上げます
わたしを日ごろから助けてくださる方々
ずつと日ごろから支へてくれる家族
みんなが安楽に暮らせますやうに
みながどうかしあはせになりますやうに

そのあとには、名と日付が記されていた。

どこにでもありそうな見世とあるじの名だ。

おのれの手で書いた字に誤りはないか、判じ物が間違っていないか目で追ってたしかめると、男はにんまりと笑った。

そして、懐手をして男坂のほうへ歩いていった。


男の背を、ひそかに見送っていた者がいた。

赤紙に覆われた地蔵の顔は見えない。

その異様な姿を、月あかりが冷え冷えと照らしていた。

第三話　消えた福助

一

「郷里《くに》へ帰ったら、気張ってやんな」

甘沼大八郎同心がそう言って、ひょろっとした男に酒を注いだ。

「へい、ごっつぁんです」

津々浦々《つつうらうら》が頭を下げた。

面妖な名だが、力士の四股名だ。

「相撲取りとしちゃあ下の下《げ》だったが、よく辛抱はしたな」

微妙な褒め方をしたのは浦崎親方だった。浦崎部屋のかしらだ。

もと大呂木の呂助、もと颱の子之吉、もと玉乃肌の玉造、それに、周りに止められて土俵には上がらなかったが、稽古場では無敵だったぬりかべ同心、みな浦崎部屋で同じちゃんこ鍋を食った仲だ。そのよしみで、呂助があるじをつとめる十手屋をしばしば寄り合いの場に使っている。

今日は津々浦々の労をねぎらい、門出を祝う宴だ。津々浦々は十年間の土俵生活に別れを告げ、郷里へ帰ることになった。

「なんとか区切りの十勝になりましたんで」

津々浦々がさっぱりした表情で言った。

十年間で十勝だから、年に一勝ずつしかしていない勘定になる。津々浦々に名が轟《とどろ》くようにという願いをこめた四股名だが、諸国から出てきた力士にひたすら白星を献上するばかりで、相手が足を滑らせたり勝手にひざをついたりしないかぎり勝てないという、まさに下の下の相撲取りだった。相撲の歴史は長いが、こんなに弱い相撲取りは前代未聞だろう。

「おめえさん、郷里はどこだい」

つむじ風の子之吉がたずねた。

呂助が岡っ引きで、子之吉は下っ引きなのだが、十手屋のあるじより外を廻ることが多いため、逆だと思っている者も多い。町方の息のかかった御用のほかにも、玉造のかわら版を売りさばくのを手伝ったり、棒手振りに早変わりしたり、現役時代の土俵上と同じくすばしっこい動きが取り柄の男だ。

「相州の茅ヶ崎《ちがさき》で」

津々浦々が答えた。

「帰ったら何をするの？」

おかみのおちかがたずねた。

「何にもねえとこなんで、ん――……そのうち、漁師の網引きでも手伝いまさ」

津々浦々はあいまいな顔つきで答えた。

この男が網を引いたら魚が逃げてしまいそうで、いま一つ頼りない。

「すぐ帰《けえ》るのかい」

同心が問う。

「いえ、仏ヶ浦《ほとけがうら》の兄ィの見世の人手が足りねえんで、ちょっと手伝ってからってことで」

深川でちゃんこ屋を営んでいる仏ヶ浦も、現役時代は弱いことで定評があった。

津々浦々もそうだが、対戦が決まったら相手が赤飯でも炊きかねない弱さだ。

「見世を手伝ってたやつがやめちまって泣きつかれたんで、そろそろ足を洗ったらどうだってこいつに水を向けたんでさ」

浦崎親方が津々浦々を指さした。

親方の現役時代の四股名は大王城《だいおうじょう》だ。みな「大往生」を思い浮かべる名だから、土俵で投げられて背中から落ちたりすると、

「よっ、大往生」

「迷わず成仏しな」

などと声が飛ぶのが常だった。

実績も大したことがなかったのだが、ほかに浦崎部屋を継ぐ者がいなかった。その後も相撲部屋としては鳴かず飛ばずもいいところなのだが、ぬりかべ同心を筆頭に、この部屋には妙に知恵者《ちえしゃ》が集まってくる。

「面倒なことがあったら浦崎の知恵を借りろ」

角界ではそう言われて、いくら強い力士が育たなくても、周りから一目《いちもく》置かれていた。妙な部屋があったものだ。

「ちゃんこ鍋をつくるだけじゃなくて、客あしらいもあるから大変だぞ」

厨で手を動かしながら、呂助が言った。

「相撲を取った相手の顔と決まり手は、初土俵から全部憶えてますから」

津々浦々は自慢げに頭を指さした。

ぬりかべ同心と浦崎親方の目と目が合ったが、どちらも何も言わなかった。

取組をすべて憶えているのはたしかに偉いが、そのうち勝ったのがたった十番では情けない。

「なら、同じ深川だが、部屋から通うのかい」

同心が問うた。

もと仏ヶ浦が営むちゃんこ料理屋の浦霞《うらがすみ》は深川の佐賀町《さがちょう》、浦崎部屋は同じ深川でも富岡八幡宮の門前にある。

「へえ、部屋のちゃんこ番と見世の手伝いを両方こなすつもりです」

と、津々浦々。

「もう土俵で怪我する心配がねえからいいな」

浦崎親方が笑みを浮かべた。

「そうっすね。度重なる怪我がなけりゃ、序二段に上がれてたかもしれねえんで」

津々浦々は悔しそうに唇をかんだ。

十年も取的をやって、番付がずっといちばん下の序ノ口のままという力士も珍しい。逆に目立つから、序ノ口でくすぶっている力士は陰で津々浦々と呼ばれていたりした。

「あいつは津々浦々だ」

「なかなか津々浦々から抜け出せねえな」

といった按配だ。

けふもまた津々浦々の負け下がり

そんな柳句《りゅうく》も詠まれている。

「人生はこれからだから」

おちかが励ます。

「おう、相撲取りをやめてからのほうがずっと長えんだからな。そのうち男を上げる日も来るぜ」

ぬりかべ同心もそう言ったが、津々浦々は力なく首を横に振った。

いままであまりにも負けすぎたから、おのれが男を上げることなど、とても思い寄らなかったのだ。

二

「驚いたねえ。浦崎部屋のすぐ近くで殺しが起きるとは」

それからいくらか経ったある日、十手屋のあるじの呂助が顔をしかめて言った。

「福助堂さんは気の毒なことで」

おかみのおちかも憂い顔で言う。

「かわら版にも書いてあったが、解せねえ話だな」

ぬりかべ同心が首をかしげた。

「福助堂の夫婦のむくろは見つけられなかったんですかい?」

子之吉が問うた。

「おれが調べたわけじゃねえんだが」

ぬりかべ同心はそう前置きしてから続けた。

「福助堂はあたりいちめん血まみれで、いかにもここが殺しの場でございっていう感じだった」

「まあ」

おちかが眉をひそめる。

「ところが、いつも小ぶりの福助人形を肩に乗せてた二代目の福助も、その女房のおよしも、むくろはどこを探しても見当たらなかったらしい。腑に落ちねえ話だぜ」

ぬりかべ同心は腕組みをした。

「福助堂で福助とおよしのむくろをさばいて、ばらばらにして運び出してどこぞへ捨てたんでしょうか」

呂助が軽く言った。

「福助堂がのれんを出してたのは富岡八幡宮の門前ですから、すぐ前が海ってわけじゃないんです」

玉造が言う。

「浅え掘割なんかに棄てたりしたら、すぐ見つかりそうだからな」

と、同心。

「そうすると、いくつかに分けて小名木川《おなぎがわ》や海なんかに運んだわけですかい？」

子之吉が嫌そうな顔で問う。

「分からねえ。血と判じ物がなけりゃ、あの夫婦は夜逃げをしただけだと思われたかもしれねえがな」

「福助堂は繁盛していたんでしょうか」

相模屋の隠居が言った。

「うめえ団子と汁粉を出す見世として、先代はわりかた繁盛してた。ところが、二代目の福助が跡を継いでからはめっきり味が落ちたっていう評判で、だいぶ閑古鳥が鳴いてたようだ」

ぬりかべ同心が告げる。

「二代目の福助はお調子者で、講や寄り合いなど、どこへ行くにも肩に福助を乗せてたそうです。おかげで、遠くからでも『おや、あそこに福助さんがいる』と分かったっていう話で」

玉造が言った。

「そりゃ目印になるわな」

と、呂助。

「おう。で、調子はいいんだが、肝心の団子と汁粉が手抜きじゃ、はやる見世もはやるめえ。せっかく八幡前のいい構えなのに、もったいねえ話だ」

同心はそう言って、ちゃんこ鍋のしらたきに箸を伸ばした。

今日も味噌仕立ての鍋をつつきながらの判じ物話だ。

「それで、肝心の判じ物ですが」

おみえが少し身を乗り出した。

「そっちも解せねえ話だな」

ぬりかべ同心は箸を置いて続けた。

「謎かけの富《とみ》は、いままで人を殺めたことがなかったんだからな」

三

判じ物の富、こと富吉《とみきち》は、きれいな仕事ぶりの盗賊だった。

盗賊ではあるが、手荒なことはいっさいしない。富吉が人を殺めるなんて、ついぞないことだった。

やむをえず、押し込んだ先で人を縛ったり猿轡《さるぐつわ》をかませたりはした。だが、そのときも、物腰はいたってやわらかだった。

「相済みません。しばしの辛抱でございますよ」

「堪忍しておくんなせえ。ほんの一時《いっとき》の難儀で」

ていねいにそう言って、金だけ奪って去っていく。

べつに義賊ではないのだが、物腰のやわらかい盗賊ということで妙に人気があり、富吉が押し込みを働くたびにかわら版が出るほどだった。

相済みません盗みますよと富は言ひ

柳句にはそうある。

「解せねえのは、謎かけの富が人を殺めたことだけじゃねえんだ。押し込みの現場に遺していった判じ物が、おれにはどうも気に入らねえ」

ぬりかべ同心は、がっしりしたあごに手をやった。

「と言いますと？」

おみえが問う。

「謎かけの富のかわら版は、おめえらもいくたびか売っただろう」

同心は玉造とおみえを手で示した。

「ええ。わりかたよく売れました」

玉造が答えた。

「あいつが咎事の場に遺していくのは、いままでは似たような判じ物だった。このたびのやつも、答えは一緒だが、よくよく吟味してみるとつくり方が違う。おれはそこが気に入らねえんだ」

ぬりかべ同心はそう言って、猪口の酒をくいと呑み干した。

「このたびの押し込みの判じ物は、こいつだ」

同心はかわら版を指さした。

こう記されていた。

黒船本芝白銀猿聖天伝通院前橋場

「なんじゃこりゃ、と思うやつもいるかもしれませんな」

子之吉がそう言って、味のしみた焼き豆腐を口に運んだ。

「町の名前ってとこまでは、すぐ察しがつきますがね」

隠居の徳蔵が言った。

「そこから先は、思いついたらひざを打つとこだ」

と、同心。

「その町が、火消しのどの組の縄張りなのか、調べて当てはめたら判じ物が解けるっていうからくりでした」

玉造が伝える。

「おう、ここに書いてあるとおりだ」

ぬりかべ同心がまたかわら版を指さした。

黒船　と組
本芝　み組
白銀猿　き組
聖天　ち組
伝通院前　な組
橋場　り組

それぞれの町を縄張りとする火消しの組を当てはめてみたれば、これはしたり、そのかしらの仮名をつなげれば、

「とみきちなり」

といふ判じ物があらはれるのであつた。

「なかなかの名調子だが」

ぬりかべ同心が座り直して続けた。

「『とみきちなり』っていう判じ物を押し込みの現場へ遺していくのは、富吉のあいさつみてえなもんだ」

「だから、判じ物の富っていう名がついたんですな」

呂助が言う。

「そのとおり。ただ、いままでの判じ物と比べると、明らかにつくり方が違う。おれにはどうもそこが気に入らねえんだ」

同心はそう言うと、ふところから紙を取り出して座敷に広げた。

今日は奥の囲炉裏ではなく、手前の座敷だ。そこからなら、十手屋のあるじの目にも届く。

「これは、いままでの判じ物ですね？」

玉造がいくらか身を乗り出した。

「そうだ。面倒だったが、いくつか書きつけてきてやった。まずは、こいつだ」

ぬりかべ同心は過去の判じ物の一つ目を指さした。

平塚宮岡崎大磯岡部小田原

「こりゃあ、わりかた簡単だ」

同心は言った。

「えー、何でしょう？」

酒のお代わりを運んできたおちかが首をかしげた。

「大磯と小田原っていうとこで、すぐ察しはつくな。初めの平塚もそうだけど」

隠居が助け舟を出すように言う。

「あっ、そうか。東海道の宿場ですね？」

おちかの表情が輝いた。

「そのとおり。宿場の順番が行きつ戻りつしてるとこが味噌だ」

ぬりかべ同心はふところからべつの紙を取り出した。

そちらには謎解きが記されていた。

平塚　七（いろはの七番目は「と」。あとは同じ按配で）
宮　四十一　み
岡崎　三十八　き
大磯　八　ち
岡部　二十一　な
小田原　九　り

「なるほど。いろはの順番に当てはめてるんですね」

徳蔵のお付きの手代の寅吉が感心したようにうなずいた。

「ほかにもありましたよね、旦那」

おみえが水を向けた。

「おう。次はこいつだ」

同心は二番目の判じ物を示した。

　庚午甲辰辛丑辛未甲申壬申

「これも同じ要領なんですね」

次の料理を運んできた呂助が呑みこんだ顔つきで言った。

豆腐の田楽だ。

ちゃんこ鍋の汁ばかりではない。味噌はじっくり練って田楽にも塗る。いくらか焦がした加減が香ばしい田楽は十手屋の名物料理の一つだった。

「そのとおりだ」

答えを示すと、ぬりかべ同心はさっそく平串をつかんで食べだした。

　庚午　七　と
　甲辰　四十一　み
　辛丑　三十八　き
　辛未　八　ち
　甲申　二十一　な

壬申　九　り

「十干十二支ですな」

相模屋の隠居が言った。

「干支だけじゃ足りませんからね」

お付きの手代の寅吉がうなずく。

「最後は、これだ」

同心はいったん田楽を皿に置き、最後の判じ物を取り出した。

深空即般度若

「こいつぁ、判じ物らしくてちと骨があるぜ」

そう告げると、同心は残りをわっと平らげた。

「たしかに、これだけ出されたら首をかしげるとこっすが、いままでの学びがありますから」

子之吉が余裕の面持ちで言った。

「答えが『とみきちなり』だということは分かってるわけですからね」

と、玉造。

「字の数も六つで同じ」

この件のかわら版を売ったことがあるおみえが唄うように言った。

「えー、分かんない」

おちかが覗きこんで首をひねった。

「深い空がどうしたんすかねえ」

呂助も腑に落ちない顔つきになった。

「よく読めば、闇夜の灯りみてえなもんが潜んでるぜ」

同心が判じ物を指さす。

「潜んでるものといえば……あっ、般若がいる」

おちかが気づいた。

「般若と言えば？」

同心が助け舟を出した。

答えの代わりに、隠居が妙なもったいをつけてお経を唱えだした。

観自《かんじ》在《ざい》菩《ぼ》薩《さつ》　行深般若波羅《ぎょうじんはんにゃはら》蜜多《みった》時《じ》……

「般若心経」だ。

「なるほど。お経の字の順番だったんですね」

おちかが腑に落ちた顔つきになった。

「おう。判じ物の富はそれなりに学があるようだな」

ぬりかべ同心はそう言って、次の紙を示した。

観自在菩薩
行「深」般若波羅蜜多時　七　と
照見五蘊皆空　度一切苦厄　舎利子
色不異空　空不異色
色即是空「空」即是色　四十一　み

色「即」是空　三十八　き
行深「般」若　八　ち
「度」一切苦厄　二十一　な
行深般「若」　九　り

「それで、つくり方が違うというのは……」

おちかがほおに指を当てた。

「このたびの福助堂の押し込みの判じ物は、火消しのいろはに当てはめただけだ。いろはの順は絡んでなかったじゃねえか」

同心が勘どころを告げる。

「ああ、なるほど」

十手屋のおかみは得心の入った顔で厨のほうへ戻っていった。

「ただ、いろはの順の判じ物をつくるのに飽きて、目先を変えてみただけかもしれませんな」

隠居が言った。

「そりゃそうかもしれねえが、いままで人を殺めなかった盗賊が急に宗旨替えをしやがったのも気に入らねえ」

同心の眉間にすっと縦じわが浮かんだ。

「それに、福助堂の夫婦のむくろが消えちまったのも気になりますね」

玉造が言う。

「そのとおりだ。べつに殺めたむくろをそのままにしとけばいいものを」

と、同心。

「そもそも、あんまり羽ぶりの良くなかった福助堂に押し込んでも、手に入る銭は知れたものだろうに」

子之吉もいぶかしげな顔つきで言った。

「何か恨みでもあったんでしょうか」

玉造がまた首をかしげた。

「どうも分からねえことだらけだな。てことは……」

ぬりかべ同心は、謎をかけるように一同を見た。

「福助堂へ行ってみますか」

玉造が祭しをつけて言った。

「おう。ここでどうこう言っててもしょうがねえや。みなで検分に行こうぜ」

同心が旗を揚げた。

「そりゃ喜んで」

「望むところですな」

「ちょうどお参りもできるから」

たちまち次々に手が挙がった。

四

翌々日——。

一行は深川の福助堂へ足を運んだ。

そうそう見世を休むわけにもいかないから、十手屋はおちかに任せ、呂助が十手を忍ばせて手下の子之吉とともについてきた。かわら版屋の玉造とおみえ。相模屋の隠居の徳蔵と手代の寅吉もいる。

富岡八幡宮の近くには浦崎部屋がある。まずは稽古風景を見物した。

「あいつが胸を出してるようじゃどうだかな」

ぬりかべ同心が小声で言った。

まわしをつけてぶつかり稽古に胸を出しているのは、このあいだ力士をやめたばかりの津々浦々だった。

浦島山《うらしまやま》と浦風川《うらかぜがわ》、二人の若い取的が汗まみれで稽古をしているが、どちらもぱっとしない。見るからに足腰に力が入っていないから、腕組みをして見守っている親方も渋い表情だ。

しばらく見物して、親方と津々浦々に声をかけてから、ぬりかべ同心たちは咎事があったところへ向かった。

「なんだか哀しいですね」

おみえがまだそのままになっている看板を指さした。

夫婦殺しで話題になった福助堂の前には、いまも福助をかたどった看板が据えられていた。

「まだ笑みを浮かべているのが哀れを誘います」

玉造が言った。

「さすがに、貸し見世の貼り紙を出しても、すぐには借り手はつかねえだろうな」

子之吉が指さした。

「因縁があったことを知らずにうっかり借りるやつもいねえだろうよ。あれだけの騒ぎになったんだからな」

同心がそう言って腕組みをした。

「家主をつれて参りましょうか」

小柄で何がなしに地蔵を彷彿させる男がたずねた。

本所方の芝浦太郎《しばうらたろう》同心だ。

姓が芝で、名が浦太郎なのだが、多くの者が芝浦・太郎と読むと嘆いている。浦がつくと言っても浦崎部屋とは無縁で、相撲など取ったこともないが、それでも津々浦々よりは強そうだ。

「おお、悪いが頼む」

ぬりかべ同心が右手を挙げた。

「はっ、しばしお待ちを」

芝同心は頭を下げてから場を離れた。

同心とはいえ、本所方はべつに捕り物などはしない。普請場などを見廻るわりかた地味なお役目だ。それだけに、どこにどういう人物がいて何をやっているかという絵図面は事細かに頭に入っている。つとめぶりはいたってまじめで、本所深川の隅々まで知っているから役に立つ男だ。

「で、福助とおよしのむくろは上がらずじまいってことで？」

呂助がたずねた。

「そうだな。神社の池などはさらったようだが、仙台堀あたりに運んで沈めたら出ねえかもしれねえ」

同心は渋い表情で答えた。

門前通りゆえ、わりかた人通りがある。ぬりかべ同心は目立つから、おのずと人目を引く。

「例の夫婦殺しの検分ですかい？」

そのうち、通りすがりの男から声がかかった。

「おう。ここいらの者かい？」

ぬりかべ同心が問う。

「へい。こう見えても甘《あめ》えもんが好きなんで、福助堂にはたまに行ってましたよ」

植木職人とおぼしい印半纏《しるしばんてん》の男が答えた。

「そうかい。先代より味が落ちちまったそうだが」

と、同心。

「門前にはほかにも甘味処があるんで、このところは客を取られてたみたいでさ。来るのは客じゃなくて借金取りだっていう話で。なにもそんな左前の見世を狙わなくったってよさそうなもんっすがね」

職人が口をゆがめた。

「名うての盗賊にしちゃあ、へまな話だな」

ぬりかべ同心が話を合わせる。

「まったくで」

職人はうなずいた。

そうこうしているうちに、芝浦太郎同心が戻ってきた。

一人ではなかった。家主とおぼしい男もいた。

五

「福助さんとおよしさんは、ほんに気の毒なことで」

家主の善吉《ぜんきち》が言った。

小柄で人の好さそうな初老の男だ。芝同心によると、親の代から継いだ長屋や貸し見世がいくつもあり、食うにはまったく困らないということだった。

「おめえさんもとんだとばっちりで気の毒だな。こんな派手な咎事が起きちまったら、なかなか借り手は出てこねえだろう」

ぬりかべ同心が言った。

「そうなんです」

善吉は顔をしかめた。

「店賃《たなちん》をぐっと下げてみたんですが、こんないわくのある見世、だれだって入りたくないでしょう」

家主は貼り紙のほうを指さした。

「借り手がつかないからと言って、身内や知り合いに勧めるわけにもいきませんからなあ」

相模屋の隠居が気の毒そうに言う。

「こりゃ、ほとぼりが冷めるのを待つしかありませんね。どれくらいかかるか分かりませんが」

善吉は肩を落とした。

「ところで、あるじの福助はどういう男だった？　盗賊に狙いをつけられるようなやつだったのかい」

ぬりかべ同心はたずねた。

「ええ、それが……」

家主は急にあいまいな顔つきになった。

「福助さんはいつも肩に福助を乗せていたもので、どうもその顔ばっかり浮かんでしまうんですよ」

善吉は首をかしげた。

「それはみな口をそろえて言うとります。福助に会うときは、肩に乗った人形ばかり見ていたと」

芝同心が伝えた。

「なるほど、肩に福助が乗ってなきゃ、いったいだれだか分からねえっていうわけか。ふしぎな男もいたもんだな。で、おかみのおよしはどうだったんだ？」

ぬりかべ同心は家主に問うた。

「およしさんも控えめで影が薄いほうで、往来で会ってもだれか分からないほどでした」

善吉はそう明かした。

「似たもの夫婦だな」

同心がうなずく。

「へえ、そのとおりで」

「なら、似面の描きようもねえわけか」

ぬりかべ同心は腕組みをした。

「似面って、旦那、ゆくえ知れずになったわけじゃねえのに」

子之吉がいぶかしげな表情になった。

「そうそう。殺しの場は血だらけで、むくろがゆくえ知れずだってだけで。なんでまた似面が要り用なんです？」

呂助も首をひねる。

「いや、もし似面が要り用だったとしても描けねえなっていう話だ」

ぬりかべ同心は軽くいなすと、さらに検分を続けた。

「もちろん、畳はきれいに入れ替えるつもりです」

家主の善吉はあるところを控えめに指さした。

畳の端のほうがいくらか黒ずんでいた。よく拭いただろうが、まだ血の跡が残っているようだ。

「それで新たな借り手がつくといいですな」

芝同心が励ますように言う。

「どうでしょうかねえ。いよいよ駄目そうだったら、うんと店賃を下げようかと思ってますが」

善吉は浮かない顔つきだった。

それからひと月経った。

もはや望みなしと見た善吉は、ただでさえ値引いていた店賃をさらに下げた。

それが功を奏したのか、もと福助堂の借り手は、ほどなく現れた。

惨劇の舞台に、また灯りがともった。

六

「驚いたな、案外早く借り手が見つかったじゃねえか」

甘沼大八郎同心が引札（広告）を手にして言った。

「おいらもびっくりしましたよ」

子之吉が言う。

「まあ、でも、借り手がついて良かったじゃねえか」

呂助が厨で手を動かしながら言った。

十手屋の一枚板の席にぬりかべ同心が陣取っている。囲炉裏のある座敷ではそろいの半纏の職人衆が祝い事でちゃんこ鍋をつついていた。

「家主の善吉さんにばったり会ったんですが、肩の荷を下ろしたような顔で」

子之吉が伝えた。

「そりゃそうだろう。ずっと借り手がつかなかったら大損だからな」

ぬりかべ同心はそう言って、猪口の酒をきゅっと呑み干した。廻り仕事は素早く済ませてきたから、八丁堀に帰る前にいつもの十手屋で一杯だ。

「つまみかんざしのお見世なんですか？」

引札をちらりと見たおちかが意外そうに言った。

「前の福助堂とはまるで違うあきないだが、何と言っても八幡さまの門前だ。髪に飾るつまみかんざしなら、ちょいとお参りがてら土産に買ってやろうっていう気にもなる。わりかたいいところに目をつけたんじゃねえか」

ぬりかべ同心はそう言って、十手屋のおかみに刷り物を渡した。

こんな引札だった。

夢は叶ふふたたび儚《はかな》き思ひをこめた大きな願ひもまた簪《かんざし》があまたそろふ
江戸の町を美しうかざるものはただ見立ての技の助け匠《たくみ》のわざをつくす
女人の姿を美しく逸品ここにそろふ

八幡さま門前　江戸つまみかんざし　八幸屋《はっこうや》

「なんだか、上手なのか下手なのか」

おちかはあいまいな顔つきになった。

「そりゃ下手なほうだろうな。今日はいねえが、かわら版売りの玉造やおみえが見たら顔をしかめそうだ。ただ……」

ぬりかべ同心は座り直した
「何か気になることがあるんですかい？」

呂助が訊いたとき、座敷の奥からどっと笑い声がわいた。

職人衆のちゃんこ鍋はあらかた片がついたようだ。残った鍋にはだしを足し、飯と溶き卵を加えておじやにする。鍋に入っていたさまざまな具の味がしみ出ているから、これが実にうまい。おちかがそれと察してすかさず動いた。

「どうも流れが気に入らねえ。普通の引札とは調子が違いすぎる」

ぬりかべ同心が言った。

「するってえと、旦那の好物だったりするんですかい、そいつは」

子之吉がいくらか声を落として刷り物を指さした。

「おれにはそんな臭いがするな。まだ解けねえけどよ」

と、同心。

「なら、八幸屋へ行ってみますかい」

呂助が言った。

「そうだな。まずはこの目で見ねえとな」

ぬりかべ同心の気の入った声に覆いかぶさるように、座敷の職人衆の歓声がわいた。

おじやに溶き卵が入ったのだ。

ちゃんこ鍋はそこから装いを変え、大詰めに入っていった。

七

「そうかい。まじめに修業をしてるのかい、津々浦々のやつは」

浦崎親方から話を聞くなり、呂助が言った。

「ま、浦霞で修業をしたところで、茅ヶ崎に戻ってちゃんこ料理屋を始めるわけじゃねえんで、次の料理人が見つかるまでのつなぎですがね」

親方が言う。

「松林と海しかねえようなとこらしいからな」

と、呂助。

「藤沢なら江ノ島見物の客が来るからあきないになるだろう」

ぬりかべ同心が言った。

「いや、津々浦々の客あしらいじゃ、はやりゃしませんや」

浦崎親方はにべもなかった。

「口数が多かねえし、あんまり気も利かねえ。いくら物憶えだけずば抜けてても見世は無理でしょうよ」

呂助も冷たく言った。

「味もさることながら、いちばん大事なのは客あしらいですからね」

今日は顔を見せている玉造が言う。

「まあ、福助堂さんのこともあるし、味が落ちるのも考えものだけど」

おみえがそう言ったとき、うしろから声がかかった。

「どうも、おそろいで」

見ると、本所方の芝浦太郎同心だった。

「おう。今日は八幸屋へ行くつもりでな」

ぬりかべ同心が右手を挙げた。

「福助堂のあとに入ったつまみかんざしの見世ですね。ちと暗い感じですが、客はわりかた入ってるようです」

地元に詳しい芝同心は伝えた。

「そうかい。なら、さっそく」

ぬりかべ同心はさっそく動いた。

八幡前の八つの幸ひ

つまみかんざし　八幸屋

そんな看板が出ていた。「八」だけに色鮮やかな朱があしらわれている。

「八ずくめだな」

ぬりかべ同心がぽつりと言った。

「あるじが幸八《こうはち》なので、八にこだわってるんでしょう。おかみは七重八重のおやえだから、こちらも八に縁があります」

芝同心が伝える。

「なるほど、あるじの名をひっくり返して屋号にしたんですな」

十手屋のあるじが言った。

「兄ィだったら助呂屋で」

子之吉が言う。

「そりゃさまにならねえや」

と、呂助。

「なら、入ってみましょう」

玉造が言った。

引札はもらってきたが、見世ののれんをくぐるのは初めてらしい。

「わっ、暗いわね」

おみえが思わず言った。

昼だというのに、八幸屋の中はずいぶんと暗かった。

「こりゃ烏目だとつれえな」

と、ぬりかべ同心。

「つまみかんざしが映えるように、黒い幕を張ってるそうです」

本所方の芝同心が告げる。

「いらっしゃいまし」

奥の帳場に座ったあるじが声をかけた。

髷ではなく、総髪だ。黒か藍色かはっきりしないが、医者が用いるような編綴《へんてつ》をまとっている。

「どうぞごゆっくり、ごらんくださいまし」

おかみが言った。

こちらも髷ではなかった。前髪をきれいにそろえたかむろ頭だ。わらべならともかく、大人の女でこの髪型は珍しい。

「さすがはつまみかんざし屋だな。おかみの髪は花だらけじゃねえか」

ぬりかべ同心が指さした。

「はい。あきないものを飾らせていただいております」

おかみのおやえが髪の牡丹《ぼたん》に指をやった。

ほかにも、椿《つばき》に菊に牡丹。季《とき》はまちまちだが、とりどりのつまみかんざしが飾られている。

「こりゃあ、見世でつくってるのかい」

呂助が天井から吊り下げられた鶴のかんざしを指さして問うた。

「いいえ、職人はべつのところにおります。手前どもは見世に運んで売りさばいているだけで」

あるじの幸八が答えた。

「こうやって見ると、宙に浮いてるみてえだな」

ぬりかべ同心が言った。

「はい。暗くしていると、かんざしが美しく見えますので」

若いのか歳なのか判然としないおかみが言った。

見世の壁のあちこちには龕灯が掛けられていた。そのほのかな灯りを受けて、つまみかんざしの花や蝶などが浮かびあがる。

「まあ、きれい」

斑《ふ》の入った椿のかんざしを手に取り、おみえが感に堪えたように言った。

古くから伝わる匠の技で、真四角に切った色とりどりの布を竹でこしらえたつまみ道具（いまのピンセットのようなもの）でつまみながら折り畳み、もとになるかたちをこしらえていく。

丸つまみと剣つまみ。それぞれのかたちをていねいに組み合わせて糸で束ね、大きな花などをつくっていく。根気の要る作業だが、八幸屋で売られているつまみかんざしはどれも目を瞠るような出来栄えだった。

「火の始末だけはくれぐれも気をつけてな」

芝同心が本所方らしいことを言った。

「はい、それはもう」

幸八が頭を下げる。

「ここのいわれについて、家主から聞いてるか？」

ぬりかべ同心が指を下に向けて問うた。

「前の福助堂さんのことでしょうか」

あるじがいくらか声を落とした。

「そうだ。昼でも暗くしてて気味が悪くねえか？」

気を悪くしかねないようなことを、ぬりかべ同心は臆せず訊いた。

「まさか、化けて出たりはしないでしょうから」

八幸屋のあるじは一笑に付した。

「店賃が安くなって万々歳ってわけか」

さらにずけずけと踏みこむ。

「そりゃ、いい場所ですからねえ」

と、幸八。

「あんなことがあったおかげでやっと手が出るようになったんですから、福助堂さんのお墓に手を合わせませんと」

おかみが両手を合わせるしぐさをした。

八

それからいくらか経った。

つとめを終えた甘沼同心が十手屋で一人用のちゃんこ鍋をつついていると、急ぎ足でつむじ風の子之吉が入ってきた。

「おう、何かあったのかい」

ぬりかべ同心が問う。

「いや、べつにそういうわけじゃねえんですが、八辻ヶ原を見廻ってたら深川の八幸屋の出見世が出てて、引札の刷り物を配ってたんで、一枚もらってきたんでさ」

子之吉は手にしたものを同心に渡した。

「ほう、八つながりではあるがな」

同心がさっそくあらためる。

「出見世って、人を使ってるのかい」

呂助がたずねた。

「へい。雇われて床《とこ》見世で売ってるだけだと、年増女が言ってました」

子之吉が答えた。

繁華な八辻ヶ原は火除け地だから、屋根のない床見世、すなわち茣蓙《ござ》を敷いてあきなう見世しか認められていない。

「また似たような引札だな」

苦笑いを浮かべると、ぬりかべ同心は刷り物に目を落とした。

ふしぎな蝶と花々くしを引き立てるすばらしき技の簪けざやかにそろふ
だうだうの品揃へうれしきかんざしふれれば柔らかきたしかな手ごたへ
たすけのかんざしびつくりの品揃へ

八幡さま門前　江戸つまみかんざし　八幸屋

「これじゃ、どこの八幡さまなのか分からないかも」

ちらりと見たおちかが首をかしげた。

「それを訊いてたやつもいましたよ、姐《あね》さん」

子之吉が伝える。

「どんなやつだ？」

顔を上げて、同心が問うた。

「目つきの鋭いやつでした。ひょっとしたら、どこかの下っ引きかも」

子之吉は答えた。

「これも臭うな。ここまで出かかってるんだが」

ぬりかべ同心は、もどかしそうにのどへ手をやった。

結局、謎がその日のうちに解けることはなかった。

それから数日後、謎の本丸に討ち入ったのは、ぬりかべ同心ではなかった。

思わぬ手柄を立てたのは、実に意外な人物だった。

九

「おめえが見破ったのか」

ぬりかべ同心が目を瞠った。

「へえ。間違いありません」

男が表情を変えずに言った。

子之吉からつなぎを受けた定廻り同心が、いま急いで十手屋ののれんをくぐったところだ。

座敷の奥の囲炉裏を、いくたりかの客が囲んでいた。かわら版屋の玉造とおみえの顔も見える。

「聞いたときは半信半疑だったんですがねえ」

そう言ったのは浦崎親方だった。

「そうか。なんでまた八幸屋へ行く気になったんだ？」

ぬりかべ同心がたずねた。

「ちゃんこ屋の手伝いの後釜がいち早く見つかったんで、部屋へ帰りなと言われたもので……」

あいまいな表情でそう答えたのは、津々浦々だった。

「まあ、うちの部屋でちゃんこ番や雑用をやるっていう手もあるんだが、郷里の茅ヶ崎にゃおとっつぁんとおっかさんが住んでる。早く帰《けえ》って親孝行をしてやりなってておれが言ったんでさ」

浦崎親方はそう言って、よく煮えたしらたきを口に運んだ。

「で、おっかあに土産になるものをと思って」

「つまみかんざしを見に行ったのね」

と、おみえ。

「そしたら、だれも気づかなかったことに気づいたと」

おちかが瞬きをした。

「へえ。間違いありません」

津々浦々は重ねて言った。

「おめえは物憶えだけはいいからな」

呂助が髷を指さした。

「おいら、いままでの取組も相手の顔もみんな憶えてるんで」

津々浦々の顔に、笑みのようなものが浮かんだ。

「勝った取組は十番しかねえからともかく、負けたほうを全部憶えてるのは大《てえ》したもんだ」

浦崎親方は妙なほめ方をした。

「おれも怪しいと思ってたんだが、おめえの言うとおりだとすりゃつじつまが合う」

ぬりかべ同心がうなずく。

「どんなつじつまです？」

玉造がたずねた。

「八幸屋の見世ん中はいやに暗かった。つまみかんざしをきれいに見せるためだと言ってたが、本当は人相まではっきり見せねえようにするためだったんだ」

同心は答えた。

「なら、あの妙ちくりんな髪型も……」

子之吉が頭に手をやる。

「やつしだな。前と変えてやりゃ、なおのこと分かりづらくなる。ただでさえ、影の薄い夫婦だったんだからな、福助堂の福助とおよしは」

ぬりかべ同心はそう言って、顔をつるっとなでた。

「いつも福助を肩に乗っけてて、それがねえとだれだか分からねえほど影の薄い男だったんですからな、福助堂の福助は」

呂助が呑みこんだ顔で言う。

「似たもの夫婦で、おかみさんも影が薄かったとか。それなら、見世を暗くして髪型を変えたら他人になりすませられるかも」

おみえが言う。

「福助堂の夫婦のむくろが上がらなかったのは無理もねえ。いくら血眼になって探したって、端《はな》からねえものは上がりようがねえからな」

ぬりかべ同心は苦笑いを浮かべた。

「じゃあ、血だらけだったのは……」

おみえが眉をひそめた。

「牛の血か何かを撒いたんだろうよ。そうやって、おのれと女房が押し込みで殺されたように見せかける。現場にはまことしやかな判じ物を遺し、判じ物の富にやられたように見せかけるわけだ」

ぬりかべ同心が一つずつ段取りを再現していった。

「殺められたら、借金はもちろん棒引きですな」

子之吉が言った。

「おまけに、いわくのある場所だから、店賃がぐっと安くなります」

と、玉造。

「それで、店賃が下がったころを見計らって、別人のふりをして借りに行ったわけか。うめえことを思案しやがったもんだ」

呂助が柏手を打つように手を打ち鳴らした。

「それにしても、よくおめえは見破ったたな」

浦崎親方が弟子のほうを見た。

「へい」

口数の少ない津々浦々が、今度ははっきりと笑みを浮かべた。

「で、どうするんです？　旦那」

呂助が同心に問うた。

「もちろん、お縄にするさ。明日、しょっ引いてやる」

ぬりかべ同心が二の腕をたたいた。

だが……。

もと福助堂の夫婦が捕まることはなかった。さりとて、逃げおおせもしなかった。

あろうことか、その晩、八幸屋に賊が入ったのだ。

つまみかんざし屋に身をやつしていた夫婦は、どちらもあっけなく殺められた。

十

「このたびの捕り物はなしか。張り手くらいは見舞ってやりたかったな」

甘沼同心が右の張り手を見舞うしぐさをした。

かつて稽古場で見舞ったら、幕下の古参力士が一発でのびてしまったことがある。

それ以来、ぬりかべ同心の張り手は禁じ手になった。

「判じ物の富の捕り物はどうです？　旦那」

呂助が水を向けた。

「名を騙《かた》られ、人殺しの濡れ衣を着せられた盗賊が、人は殺めねえっていう節を枉《ま》げて復讐に来たんだ。まあ悪党には違いねえが、その気持ちは分からんでもねえじゃねえか」

ぬりかべ同心が言った。

「おいらが持ってきたのと同じ引札で気づいたんですかねえ」

子之吉が言う。

「八辻ヶ原で床見世の女が配ってたやつだな？」

「へい。目つきの鋭そうなやつももらってたんで。ありゃあ、下っ引きじゃなくて盗賊の手下だったたんだ」

もと颼が答える。

「そのあたりは、旦那に謎解きをしてもらったんで、さっそくこれに」

玉造がかわら版を取り出した。

刷り物に載っている引札の文句は、切るところが違っていた。

ふしぎな蝶と花々
くしを引き立てる
すばらしき技の簪
けざやかにそろふ
だうだうの品揃へ
うれしきかんざし
ふれれば柔らかき
たしかな手ごたへ
たすけのかんざし
びつくりの品揃へ

「やたら『八』にこだわってると思いきや、そういうからくりだったんだな。負け惜しみかもしれねえが、これならそのうち見破っただろう」

ぬりかべ同心がやや悔しそうに言った。

「思いもかけず、津々浦々が正体を見破っちまいましたからね」

と、呂助。

「おう。解く必要はなくなっちまったわけだ。八字おきに鍵が潜んでいて、くっつけると『福助堂ふたたび』になるっていう寸法だ」

ぬりかべ同心は行のかしらの字をスーッと横にすべらせた。

「なるほど。初めの引札がうまくいったんで、柳の下の泥鰌《どじょう》とばかりに、いま少し解きやすいものにしたわけか」

かわら版を読みながら、相模屋の隠居が言う。

「それで墓穴を掘って、盗賊に復讐されてしまったわけですね」

お付きの手代がうなずく。

「後で言われたら気が付くんだがよう。われながら不覚だったぜ」

ぬりかべ同心が悔しそうにかわら版を示した。

初めの引札も、切るところが変わっていた。

夢は叶ふふたたび
儚き思ひをこめた
大きな願ひもまた
簪があまたそろふ
江戸の町を美しう
かざるものはただ
見立ての技の助け
匠のわざをつくす
女人の姿を美しく
逸品ここにそろふ

これまた答えは「福助堂ふたたび」だった。

「盗賊の判じ物なら、おいらでも分かりましたがね」

子之吉が言った。

「ほとんど隠してねえからな」

と、呂助。

「おれの名を騙った福助は火消しの縄張りなんぞという妙ちくりんな判じ物をこしらえやがったが、『判じ物の富』はいろはの順にこだわるんだっていう盗賊の声が聞こえてくるみてえだったな」

ぬりかべ同心は言った。

判じ物の富が押し込んだ八幸屋の大戸には、こう記した紙が貼りつけられていた。

七　四十一　三十八　八　二十一　九

「こりゃあ解くまでもねえ。いろはの順に当てた『とみきちなり』だ」

ぬりかべ同心が言う。

「よほど腹に据えかねたんでしょうな、判じ物の富は」

呂助が言った。

「そりゃ、おのれの名を騙り、押し込みで殺しをやったように見せかけたわけだからな。禁を破って、初めて殺しをやったところに判じ物の富の怒りのほどがうかがわれるってもんだ」

ぬりかべ同心はそう言って、かわら版の続きのくだりを指でたたいた。

「まあそんな按配で一件は落着したわけだが、津々浦々のやつは最後に江戸で男を上げたな」

「まったくで」

「よく書いてやったんで、土産に持って帰ってもらおうと思って」

玉造も笑みを浮かべた。

「この人と文句を思案してつくったので」

おみえも和す。

かわら版には、こう記されていた。

八幸屋の正体を見破りしは、もと力士の津々浦々なり。先般相撲取りをやめるまで十年間の取組と相手の顔をすべて憶えてゐるといふ津々浦々は、余人の気づかざりし八幸屋の正体に気づき、まさに捕り物が行はれんとした矢先に、判じ物の富が恨みを晴らせしものと思はるる。

さりながら、津々浦々のほまれはいささかも減ぜざるべからず。その眼力の鋭さは大関の立ち合ひに比肩せらるるものなり。あと一歩で関取になることかなはざりし津々浦々なりしも、最後に江戸にて金星をあげたるはほまれなり。胸を張り、郷里の相州に帰るべし。

「あと一歩どころか、あと千歩、いや、万歩だったがよ」

ぬりかべ同心が苦笑いを浮かべた。

「それも方便で」

玉造が笑みを浮かべた。

「こりゃあ、なによりの餞《はなむけ》だね」

相模屋の隠居も温顔で言った。

「なら、親方に話をつけて、あいつの送りの宴でもやってやりますかい」

呂助が水を向ける。

「相撲取りをやめるときにもやってやったから、そんなに構えたものじゃなくてもいいんじゃねえですかい？」

子之吉が言う。

「そうだな。かわら版を土産に渡して、餞別をやって、ここから送り出すくらいでいいだろうよ」

ぬりかべ同心が言った。

「なら、さっそく段取りを整えてきまさ」

小回りの利く子之吉がさっと腰を上げた。

十一

その日が来た。

浦崎親方につれられて、旅支度を整えた津々浦々が十手屋に姿を現した。

「こりゃ少ねえが、このたびの働きのほうびを兼ねた餞別だ」

甘沼同心が袱紗《ふくさ》に包んだものを渡した。

「おいら、何にもしてねえんで」

津々浦々は困ったような顔つきになった。

「いいから、もらっときな」

呂助が言う。

「かわら版にも載ったんだから、親きょうだいに自慢しな」

親方も情のこもった表情で言った。

「はあ、でも……」

津々浦々はなおもあいまいな顔つきだ。

「長いあいだ辛抱してきた苦労が実って、最後に花開いたんだ。そう思いな」

兄弟子のもと仏ヶ浦らも顔を見せていた。津々浦々と最後のちゃんこ鍋をつつきながら、口々に励ます。

「おめえは、だれより偉え。負けても負けても、土俵に上がりつづけたんだ。一場所に十勝して優勝する大関より、十年かかって十勝したおめえのほうがずっと偉え。胸を張って田舎に帰りな」

ぬりかべ同心が言った。

「おいら……」

津々浦々は、にわかに感極まった表情になった。

「一度でいいから勝ち越してえと思って、辛抱して、おいらなりに稽古に励んで……」

そこで言葉にならなくなった。

「負けた数だけ、人は強くなるんだ。数え切れないほどの負けは、おめえのいちばんの宝だ。その分、郷里に帰ったら、人に優しくしてやんな」

そう言うぬりかべ同心の目もうるんでいた。

ほどなく、鍋が終わった。

皆に見送られて、序ノ口でいちばん負けた男、津々浦々は旅立っていった。

「達者でな」

親方が肩をたたく。

「へい。世話になりました」

津々浦々は深々と頭を下げた。

「茅ヶ崎へ帰ったら、親孝行してやれ。達者でな」

最後に、ぬりかべ同心が笑みを浮かべて言った。

「そうします。世話になりました。では」

津々浦々はそう言うと、何かを思い切るようにうしろを向いた。

そして、なつかしい故郷へ向かって歩きだした。

その背中は、前よりいくらか大きくなったように見えた。

第四話　空飛ぶ寿老人

一

「よし、気を入れて当たってこい」

ぬりかべ同心がそう言って厚い胸を出した。

八丁堀の甘沼家の庭だ。

非番の月で、前の月に担当した事件の取り調べや書きものなどの役目も一段落したとある日、長男の大志郎《だいしろう》と次男の剛次郎《ごうじろう》に相撲の稽古をつけてやるところだ。

「はい、父上」

まだ八歳の大志郎がいい声で答えると、白い締め込みをぱしんとたたき、父のぬりかべのような胸へ思い切りぶつかっていった。

ばしーん、といい音が響く。

「おう、当たりが強くなったな」

甘沼同心はそう言って、軽く息子を押し戻した。

「ほら、いま一度」

そう声をかけたのは、女房の志津《しづ》だった。

亭主が百人力の素人大関なら、こちらは柔《やわ》ら術《じゅつ》の達人だ。ものは試しとぬりかべ同心がある日道場で手合わせを願ったところ、志津にものの見事に投げ飛ばされた。

腰車だ。

相撲では向かうところ敵なしだったぬりかべ同心を投げ飛ばしたのは、男女を問わず、後にも先にも志津だけだ。そこから縁ができ、いまこうして二人の息子に恵まれているのだから人生は分からない。

「いざ」

八つのわらべが父の胸にぶつかる。

両親の血を引いているから、とても八つには見えない立派な体格だ。同じ年恰好のわらべと相撲を取ったら鎧袖一触《がいしゅういっしょく》だ。

「もっと足から押せ」

がしっと受け止めて、甘沼大八郎が言う。

「そうそう、しっかり」

母も声を送る。

存分に押させてからいなして転がし、また胸を出す。それを繰り返していくうち、
大志郎はだんだん息が上がってきた。

「もうしまいか?」

父が試すように言う。

「なんの」

長男は気を入れ直してさらにぶつかってきた。

今度はわざと押されてからはね返す。そのあたりの呼吸はお手の物だ。

「わたくしも」

剛次郎も名乗りをあげた。

まだ五つだが、やる気だけはある。

「よし、二人がかりでこい」

志津に目配せをしてから、ぬりかべ同心は言った。

「えいっ」

二人の息子が思い切り頭から当たる。

「おお、気張れ」

ぬりかべ同心は受け止めてから力をゆるめた。

「そこよ。しっかり押して」

母の声が高くなる。

「おお、そこだ。もっと押せ」

父は二人の息子に言った。

わらべたちは顔を真っ赤にして力をこめた。

「おお、強いのう。おれの負けだ」

わざと押し出されるふりをした同心が笑みを浮かべた。

稽古が終わった。

見守っていた小者の留助《とめすけ》がさっと柄杓の水を差し出す。長く甘沼家につとめている、信に足る男だ。

肩で息をついていた大志郎は、一気に水を呑み干した。

そして、満足げな笑みを浮かべた。

二

「どうだ。そのうちまた相撲見物に行くか」

縁側でよく冷えた瓜を食べながら、ぬりかべ同心がたずねた。

「行きまする、父上」

大志郎がすぐさま言った。

「わたくしも」

剛次郎も和す。

前にも非番の月に連れ立って相撲見物に行ったことがある。そのときは、どちらも瞳を輝かせて取組を見守っていたものだ。

「志津、おまえも行くな？」

ぬりかべ同心は女房に問うた。

「ええ、もちろんでございますとも」

柔ら術と相撲とは一脈通じるところがある。志津も大の相撲好きだ。

「父上」

並んで瓜を食べていた大志郎がだしぬけに言った。

「何だ？」

ぬりかべ同心は短く問うた。

「大きくなったら、力士になりとうございます」

それを聞いて、志津が思わずぷっと吹き出した。

ぬりかべ同心が相撲取りになろうとして止められたといういきさつを、志津はもちろんよく知っている。

「そうか。町方の同心より力士が良いか」

父が問う。

「江戸の三男《さんおとこ》でございますから」

八つのわらべは大人びた口調で答えた。

「わたくしもなりとうございます」

五つの次男も名乗りを挙げた。

「二人はいかぬぞ。どちらかは父の跡を継げ」

ぬりかべ同心はそう言って、残りの瓜を平らげた。

町方の同心は世襲ではなく、死ねばいったん返上することになるが、そのまま嫡子が跡を継ぐのが習いとなっていた。

「ならば、相撲で勝ったほうが力士ということで」

大志郎がいささか勝手な案を出した。

「それは兄上が勝ちまする」

剛次郎は不満げな顔つきになった。

「やってみなければ分からないよ」

兄が言う。

「だって、勝ったことないもん」

弟はいまにもべそをかきそうな顔だ。

「まあまあ、それは先の話で、まずはお相撲見物を」

志津がうまく場の気を変えた。

「そうだな。おまえらのひいき力士はだれだ」

父はたずねた。

「稲妻《いなづま》」

次男が先に強豪の名を挙げた。

「大志郎はどうだ」

「わたくしは、院ノ龍《いんのりゅう》がひいきでございます」

長男は答えた。

「それは通だのう」

ぬりかべ同心は半ばあきれたように言った。

「番付はまだ前頭《まえがしら》の下のほうですが、髷がつややかで豊かな美男力士でございますから」

相撲に詳しい志津が言った。

「たしかに、錦絵にも描かれるくらいだからな」

同心がうなずいた。

「ぜひとも院ノ龍に声援を送りとうございます、父上」

大志郎の瞳が輝いた。

「ならば、みなで応援するか」
ぬりかべ同心は話をまとめた。
だが……。
次の場所までに、思わぬ事態になった。
院ノ龍が所属する院郷《いんごう》部屋の親方とおかみが、時を置かずして落命してしまったのだ。
それも、およそありえないような成り行きで。

三

因業部屋、ともささやかれていた。
もと院ノ若《いんのわか》の院郷親方は弟子に厳しく、いじめまがいのことを繰り返していた。
親方の暴力によって大けがをし、相撲取りの道を断たれた者は一人や二人ではない。
おかみはそれを止めるどころか、しばしば煽る始末だったから、だれも凶暴な親方を止めようがなかった。

この世の地獄、ともささやかれていた。地方から出てきた相撲取りはつぶしが利かない。おのれが入った部屋が因業であることに気づいても、力士として出世するには我慢するよりほかになかった。

おかみのおとせはもと芸者で、院郷親方が見染めて女房にした。部屋の切り盛りなどはからっきし駄目で、迷信深く、ひどい怖がりだった。ことに、どこでどういう見立てめいたものがあったのか、七福神の一つである寿老人を病的に恐れていた。置物などは言うに及ばず、「寿老人」という字の並びを見ただけで気を失いそうになるのだから念が入っている。

夫婦仲はいいにはいいが、それもまた考えもので、夜のまぐわいを弟子たちにこれ見よがしに見せつけたり声を聞かせようとしたりするから、これまた弟子はたまったものではなかった。

院郷部屋には、前頭の院ノ龍を筆頭に、五人の力士がいた。

院ノ龍を除く伊勢ノ郷《いせのさと》、加賀ノ郷《かがのさと》、郷海《ごうかい》、院山《いんざん》の四人はすべて取的だから、部屋としてはいささかぱっとしない。前はもっといたのだが、伊勢ノ郷の弟の院ノ海《いんのうみ》が亡くなるなどして、数が少しずつ減っていた。

そのほかに、床山の床留《とこどめ》に、行司の式守喜三郎《しきもりきさぶろう》も所属している。力士と同じように親方から暴力を受けたりしていたから、内輪の結束はなかなかに固かった。

院郷親方の素行は、まことにもって目に余るものがあった。部屋の所属力士は青あざが絶えなかった。少し気に入らないことがあれば、親方が木刀で殴るのだ。弟子を迎えるときだけは笑みを絶やさないが、ひとたび弟子にしてしまえば豹変する。おかみとともに弟子たちに与えたひどい仕打ちは筆舌に尽くしがたいほどだった。

院郷部屋に所属していると聞いただけで、角界に詳しい者は気の毒そうな顔つきになった。それほどまでに、親方とおかみの暴虐ぶりは有名だった。

院郷親方とおかみが頓死したと聞いて、「自業自得」「天罰が下った」と言う向きも少なくなかった。

実際、天罰が下ったとしか言いようがない成り行きで、親方とおかみは落命した。

天罰を与えたのは、おかみが病的に恐れていた寿老人だった。

四

「解せねえ話だぜ」

ぬりかべ同心が箸を止めて言った。

「ここんとこ、その話で持ち切りですな、旦那」

十手屋のあるじの呂助が言う。

「でも、いくら船頭さんが見たって言ったってねえ」

おかみのおちかが首をひねった。

院郷親方とおかみが不可解な頓死を遂げた一件は、早くもかわら版に取り上げられていた。玉造とおみえの二人組も、負けじとばかりに聞き込みに回っているらしい。

「親方が大川に屋根船を出しておかみとこれ見よがしの芳しからぬことをしていたら、寿老人が飛んできて親方の頭をたたき割った……と、これだけでもおよそありそうもないことだねえ」

座敷でかわら版を見ていた相模屋の隠居の徳蔵が言った。

「しかも、寿老人を日ごろから怖がってたおかみも、心の臓に差し込みを起こして死んでしまうとは」

お付きの手代の寅吉があきれたように言った。

「屋根船の船頭が夢でも見たんじゃねえかと言われてるが、現に親方とおかみはむくろになってるわけだからな。……おお、ありがとよ」

ぬりかべ同心は素早く手刀を切ってから盥《たらい》を受け取った。

中身は鯛そうめんだ。

そうめんがたっぷり入った盥に塩焼きの鯛を載せ、ほろほろと身を崩しながらともにいただく。優に四人前ほどの量があるが、ぬりかべ同心の恰幅ならぺろりと一人で平らげてしまう。

「それにしても腑に落ちねえのは、院郷部屋の力士が大川端でずっと稽古してたってことですな」

呂助が言った。

「親方とおかみからひでえ仕打ちを受けてたから、力士たちには『殺めてえという心の持ちよう』は充分にあった。ところが、やつらを咎人とするのは無理筋だ。親方とおかみは大川の屋根船でしっぽりやっていやがった。弟子たちに見せつけるのが楽しみってんだから、食えねえやつらだが」

同心はいったん言葉を切り、鯛そうめんをずずっと啜った。

「お弟子さんに見せつけるのが楽しみだから、わざわざ大川の岸で稽古をやらせたんでしょうか」

おちかが嫌そうに問う。

「そんなとこだろうな。力士だけじゃなく、部屋の行司も床山も総出で大川端にいたらしい」

ぬりかべ同心は答えた。

「院郷部屋の力士たちは岸で稽古していた。親方とおかみの乗った屋根船とのあいだにはもう一艘、屋根船が出てた。てことは、力士たちの一人が泳いで渡って、親方を寿老人の像で殴りつけて殺めるのは無理筋ですな」

隠居がそう言って、そうめんを啜った。

こちらは竹筒に盛られたいたって普通のそうめんだ。これに刺身と胡麻豆腐も加わっている。暑気払いになる組み合わせだ。

「生き残った船頭はその一件のせいで熱を出しちまってまだ本復してねえみたいだが、『寿老人が空を飛んできて親方を殺めた』っていう証し言《あかごと》は変えてねえらしい」

同心が言った。奉行所じゅうに仔細は伝わっていた。取り調べに当たったのはべつの町方の役人だが、これだけ派手な出来事だ。

「力士が大川を泳いで渡ってたら、いやでも目立つでしょう」

呂助が抜き手を切るしぐさをする。

「仏罰の鳥の正体はとんでもないものだったから、このたびも何かからくりがあるのかもしれないね」

隠居が腕組みをした。

「どんなからくりでしょう、旦那さま」

手代が問う。

「さあ……それを解いて咎人をお縄にするのは、町方の旦那のお役目だから」

相模屋の隠居はぬりかべ同心を手で示した。

「まあ、何にせよ、院郷部屋へ聞き込みに行かずばなるまいな」

ぬりかべ同心はそう言って、手のひらに拳をばちんと打ちつけた。

五

院郷部屋は両国の南にある。

ぬりかべ同心と呂助、それに、下っ引きの子之吉とかわら版売りの玉造とおみえ、五人の一行は両国橋を渡り、相撲部屋を目指した。

「親方とおかみが死んじまったのに、まじめに稽古に励んでるのかい」

ぬりかべ同心が玉造にたずねた。

「はい。かえって稽古に活気が出てるっていうもっぱらの評判で」

いち早く探りを入れてきたもと玉乃肌が答えた。

「重しが取れたってわけか」

と、同心。

「まあおそらく、そんなとこでしょう。あ、それから、いろいろ妙なことを耳に挟んできました」

玉造はおのれの耳にさわった。

「ほんとに変なことばっかりで」

おみえも和す。

「どういうことだ？」

ぬりかべ同心がたずねた。

「まず、こりゃかわら版にも載ってましたが、院郷親方とおかみが屋根船で頓死したとき、部屋の力士は大川の岸で稽古をしてました」

玉造が答える。

「見えるとことはいえ、川を泳いでは渡れねえ。あいだにべつの屋根船もいた。だから、『居らずの証』があったってわけだ」

釈然としない顔つきで、ぬりかべ同心は言った。

「ところが、連中がやってたのは相撲の稽古だけじゃねえんで」

「と言うと？」

同心が訊く。

「歌舞伎の連獅子の稽古もなぜかやってたそうでさ」

玉造はややあいまいな顔つきで答えた。

「連獅子？」

同心は意外そうな顔つきになった。

「こういうやつか？」

呂助が首をぐるぐると回してみせる。

「へえ、そのとおりで。ひいき筋に見せる余興の稽古をしてたと言ってましたが、何も夜稽古でそんなことをやらなくったって」

玉造はあきれたように言った。

「それから、相撲取りだけじゃなくて行司と床山も出てたんですけど、行司の声が甲高くてうるさかったと、その晩通りかかった人は言ってました」

おみえが伝えた。

「そりゃ、行司だって稽古はしねえとな」

もと颯の子之吉が言った。

そうこうしているうちに、鬢《びん》付《つ》け油《あぶら》の香りがそこはかとなく漂ってきた。

院郷部屋に着いたのだ。

六

力士たちは稽古を終え、ちゃんこ鍋を食べはじめたところだった。

「旦那方もいかがです？」

部屋頭の院ノ龍が愛想良くすすめた。

「そうかい。なら、一緒に食いながら話を聞こうか」

ぬりかべ同心がすぐ乗ったので、ほかの面々も続いた。

「いろいろと取り込み事で大変だったな」

ひとわたり鍋が取り分けられたのを見計らって、まずぬりかべ同心がぼかしたかたちで切り出した。

「へえ、まったくわけが分からねえうちに親方とおかみさんが大川の屋根船で死んじまいまして」

いちばん年かさの郷海が答えた。

もう四十の坂を越えており、髷は前からはっきり見えないほど薄くなっているが、部屋の最古参力士としてまだ序二段で取っている。

「みんな稽古してたから、関わりはねえってわけか」

もと大呂木の呂助がにらみを利かせる。

「おれら、岸にいたんで」

加賀ノ郷が言った。

「空でも飛ばねえかぎり無理でさ」

いちばん若い院山が和す。

「空を飛ぶって言やあ……」

ぬりかべ同心は海老のつみれを胃の腑に落としてから続けた。粗く刻んであるから野趣があってうまいつみれだ。

「寿老人が空を飛んできて親方を殴り殺し、それを見た寿老人を怖がってたおかみが心の臓に差し込みを起こして死んだっていう船頭の証し言だが、んな馬鹿馬鹿しいこたぁねえよな？」

同心はあたりを見回して問うた。

「おれら、稽古してたんで」

院ノ龍が真っ先に答えた。

古参の郷海とは打って変わって、こちらは有り余るほどの髪のかさだ。かさだけでなく、つややかで櫛どおりの良さそうなしっかりした髪だ。床山はさぞや髷の結い甲斐があるだろう。

「われわれも加わっておりました」

行司の式守喜三郎が言った。

かたわらで床山の床留がうなずく。力士にまじると、ことのほかその線の細さが際立つ優男《やさおとこ》だ。

「行司の声はうるさいほどだったそうだが、普段からそんなでけえ声を出す稽古をしてるのかい」

ぬりかべ同心がたずねた。

「行司も鍛錬ですから」

式守喜三郎が表情を変えずに答えた。

「浦崎部屋にも行司はいたが、稽古は昼間だけだったぜ」

呂助が言う。

「そう言や、そうでしたね、兄弟子」

もと颱の子之吉が言った。

「床山さんは何のためにいたんで？　大川端で髷を結う稽古でもあるまいに」

玉造がふと思いついたように問うた。

「いや、それは……」

軽めの問いだったが、床留は妙にうろたえた様子になった。

「水桶とか運んでたからよ」

「柄杓で水を汲んだりする役とか」

ほかの力士たちがあわてて言ったが、考えてみたら妙な話だった。それなら力士だけで間に合う。

「おう、ほかに思いついたことをどんどん訊いてくれ」

ぬりかべ同心が一同を見回して言った。

「なら、あたしが」

おみえが手を挙げる。

「おう」

同心が短くうながした。

「おかみさんがなぜか寿老人をものすごく怖がってたことを、部屋の皆さんはご存知でしたか？」

おみえはやや意外な問いを発した。

「そりゃあ、まあ」

古参の郷海がほかの力士を見回してから答えた。

「あなたも？」

おみえは胸板の厚い力士に問うた。

幕下の伊勢ノ郷だ。

「へい……七福神巡りで、寿老人だけは飛ばして回ってましたから」

口の重そうな力士が答えた。

「おめえさんの弟の院ノ海は親方にかわいがられて死んだっていううわさがあるようだが、そいつぁ本当かい？」

ぬりかべ同心がここで単刀直入に訊いた。

かわいがる、とは厳しい稽古をつけるということだ。院郷親方のかわいがりはほとんどいじめで、思わず目をそむけたくなるほどひどいものだったらしい。

「あいつは……」

伊勢ノ郷は唇をかんだ。

「わしらは手を出せなかったんで」

郷海が助け舟を出すように言った。

「そりゃ親方とおかみさんにはひどい目に遭ってました。あいつら、だれか成敗してくれねえかと腹の中じゃ思ってましたよ。その思いが通じて、寿老人が空を飛んできてくれたんじゃないっすか？」

髪の薄くなった力士は、半ば開き直るように言った。

「何がおかしいんでい？」

子之吉が鋭い声をかけたのは、いちばん若い院山だった。

「い、いえ、べつに」

笑みを浮かべかけた院山は表情を引き締めた。

玉造が筆を動かし、何事か帳面に書きつける。

「稽古はおめえさんらが進んでやったのかい」

ぬりかべ同心が問うた。

「いや、親方がやれって言ったんで」

郷海が答えた。

「屋根船でおかみとよろしくやってるのを見せつけようっていう肚だな？」

今度は子之吉がたずねた。

「まあ……そんなとこで」

院ノ龍の表情はいま一つさえなかった。

「そしたら、その稽古中に、憎き親方とおかみが空飛ぶ寿老人に成敗されたわけか。できすぎた話だぜ」

呂助が首をかしげた。

「わしらにはできねえ咎事でしたから」

郷海がまた開き直るように言った。

「死んだ弟が寿老人に化けて、恨みを晴らしに来たんでしょう」

伊勢ノ郷がぽろりと言う。

そのかたわらで加賀ノ郷がうなずいた。

「なら、ここいらで肝心なことを訊こう」

ぬりかべ同心が座り直した。

「おめえさんらはあの晩、相撲の稽古のほかに妙なことをやってやがった。余興の連獅子の稽古だ」

同心はそこで言葉を切り、じっと一同を見回した。

「べつにやらなくったってよかったんですがね」

郷海が言った。

「郷海の兄ィは毛がねえんで、かつらをかぶって連獅子をやって、最後にかつらを取って笑うんでさ。こりゃあ、どこでやっても大ウケで」

いまは抑えているが話し好きとおぼしい院山が言った。

「そりゃあ、いいや」

子之吉が笑う。

「余興でやるとおひねりをもらえたりするんで、たまに稽古はしてるんです」

院ノ龍が言った。

「ただ……」

ぬりかべ同心はにらみを利かせてから続けた。

「あの晩、大川端で、どうあっても稽古しなけりゃならねえわけがあったんじゃねえのかい」

同心はそう言うと、ある人物をじっと見た。

それは力士ではなかった。

「な、何のことでしょう」

床山の床留がとぼけた。

「ま、そのうち寿老人の正体も分かるだろうよ」

ぬりかべ同心はそう言ってひとまず切り上げた。

ちゃんこ鍋があらかた終わり、だしを注ぎ足しておじやに仕立て直された。

「おう、箸が進んでねえな」

ぬりかべ同心が言った。

院郷部屋の力士たちは、あまり食が進まない様子だった。

七

その後もぬりかべ同心は果断に動いた。

かねてより十手屋のおかみのおちかから手ほどきを受け、似面の心得がある子之吉とともに話を聞きに行ったのは、親方とおかみが乗っていた屋根船を操っていた船頭だった。

あの一件のあと、しばらく熱を出して寝込んでいたようだが、いまは本復してまたつとめに出ていた。

「例の件は勘弁してくだせえやし、旦那。せっかく良くなったのに、またうなされちまうんで」

船頭の丑吉《うしきち》は顔をしかめて言った。

「そういうわけにもいかねえんだ。こっちは遊びで来てるんじゃねえ。どうしても嫌だって言うなら、お白州に来てもらわねえとな」

ぬりかべ同心がちょいと凄味を利かせると、丑吉はすぐさま態度を改めた。

「わ、分かりました。包み隠さず申し上げまさ」

船頭はそう言って、鬢が薄くなった頭を下げた。

院郷親方とおかみが丑吉の屋根船に乗ったことは、前にいくたびもあったらしい。

「岸で稽古してる弟子らに濡れ場を見せつけるんで、目のやり場に困ったほどで」

船頭は苦笑いを浮かべた。

「で、空飛ぶ寿老人が成敗しにやってきたあの晩だ」

ぬりかべ同心は勘どころに入った。

「わっしは嘘なんかついてねえ。ほんとに寿老人が飛んできたんでさ」

丑吉はそう言い張った。

「べつに嘘とは言ってねえ。おめえさんが見たのなら、きっと本物の寿老人だったんだろうよ」

ぬりかべ同心は船頭をまず立ててから続けた。

「ただ、弟子たちに見せつけるとはいえ、夜の屋根船ってのはそうむやみに明るいもんじゃねえ。何かと見間違えたっていうことはねえのかい」

「いや、寿老人でした、わっしの目に飛びこんできたのは」

丑吉は首を横に振った。

「こんなでけえ寿老人がわっと飛んできたのか？」

ぬりかべ同心が身ぶりをまじえた。

「いや……旦那みてえなでけえ図体じゃなかったっす」

船頭は答えた。

「そりゃ旦那みてえな図体の男はそうざらにはおるめえが」

子之吉が言う。

「もっとちっちゃい、わらべよりちっちゃい……」

丑吉はこめかみに指を当てた。

「わらべよりちっちゃかったら、猫くらいじゃねえか」

同心が言った。

「へえ、子猫くらいの大きさの寿老人で、ひげが長くて、にやっと嫌な笑みを浮かべてました」

船頭はそう言って瞬きをした。

「つらははっきり憶えてるんだな?」

ぬりかべ同心は問うた。

「へえ、嘘じゃねえんで」

船頭は語気を強めた。

「嘘とは言ってねえや。なら、ここにいる子之吉は似面描きの名人だからよ、どういう寿老人だったか、事細かにしゃべってくれ」

同心は手下に合図をした。

「おめえさんの話を聞きながらおいらが手を動かしていくからよ。違ってたらすぐ言ってくれ」

筆を握った子之吉が言った。

「なら、まず目つきだ。嫌な笑みってのは、こんな感じかい?」

試し描きを示して訊く。

「もうちっと目が細かったような」

「こんな切れ長か?」

「そうそう、そんな按配で」

そういった調子で、試し描きをいくたびもしていくうちに、船頭があの晩見た謎の空飛ぶ寿老人の顔が克明に再現されていった。

「これでさ。この顔を見たんでさ」

仕上がった寿老人の似面を、船頭は力強く指さした。

八

できあがった似面を持って、ぬりかべ同心は江戸のほうぼうを回った。

だが、いささかいぶかしいことに、往来の激しい場所にばかり足を運んでいるわけではなかった。地味な構えの道具屋や、三十八文見世（何でも三十八文であきなう見世）など、やや腑に落ちない場所をしらみつぶしに当たり、寿老人の似面を見せていた。

その成果がほどなく出た。これは、というものが手に入ったのだ。

ぬりかべ同心は十手屋を訪れ、一見《いちげん》の客がいなくなったのを見計らって、このたびの件の謎解きを行った。

あるじの呂助におかみのおちか、それに、相模屋の隠居とお付きの手代だけが聞いていた。

「そんな馬鹿げたことをよく思いつきましたねえ」

おちかがあきれたように言った。

「まあそのあたりは、咎人どもに訊いてみなけりゃ分からねえがな」

あるものをなでながら、ぬりかべ同心は言った。

「それなら、うまいこと的に当てる稽古もしないといけませんな」

隠居もまだ半信半疑の面持ちで言った。

「さすがにいきなり本番というわけじゃなかっただろうよ」

と、ぬりかべ同心。

「で、捕り物はどうするんです？」

呂助が問うた。

「もちろん、おめえの出番だ。子之吉にも声をかけといてくれ」

「へい」

「あとは旦那が？」

おちかがたずねた。

「相撲取りにはなれなかったが、かつては無双の力自慢だったんだ。取的がいくたりか束になってかかってきても負けやしねえや」

ぬりかべ同心が胸をたたいた。

「なら、それを持って討ち入りですかい」

呂助が指さす。

「おう。頼むぞ」

ぬりかべ同心は手にしたものに向かって言った。

それは、猫ほどの大きさの寿老人だった。

九

「今日はおめえらに見てもらいてえものがあってな」

ぬりかべ同心はそう言って、風呂敷包みを取り出した。

「はあ、何でございましょう」

最年長の郷海が応対に出てきた。

「悪いが、稽古を止めて見てくんな」

同心が土俵に向かって言う。

部屋頭の院ノ龍が胸を出していたところで、力士たちはみな玉の汗をかいていた。

行司と床山も裏方として控えている。

「親方とおかみに不幸があっても稽古に精を出してるのは相撲取りの鑑《かがみ》だ。来場所からよその部屋と合併して出直すとも聞いた」

ぬりかべ同心が言った。

そのうしろには、もと大呂木の呂助と、もと颶の子之吉も控えている。もと玉乃肌の玉造も力士上がりだが、取り柄が色白の肌だけでは足手まといになりかねないから、今日は出番なしだ。

「へい、松島《まつしま》部屋にお世話になります」

院ノ龍が言った。

つややかな髷まで汗で光っている。

「その出端をくじいちまうみてえで相済まねえが、咎事を見逃すわけにゃいかねえんだよ」

同心の口調が変わった。

「咎事？」

郷海の顔つきも変わる。

「あの晩、寿老人が空を飛んで親方を殺めた。それを見た、寿老人を怖れるおかみは心の臓に差し込みを起こして死んだ。その像ってのは……」

ぬりかべ同心は芝居がかったしぐさで風呂敷包みを解いた。

「これじゃねえのかい」

中から取り出したのは、寿老人の銅像だった。

それを見るなり、院郷部屋の面々の表情が変わった。

「うっ」

加賀ノ郷が思わずうめく。

伊勢ノ郷の顔色も明らかに変わった。

「見つけるまでにゃちょいと苦労したが、おんなじ銅像は十あまり売られてた。こいつが遠くから飛んできて頭にぶち当たったら、いくらもと相撲取りの親方でもひとたまりもねえだろう」

見方によっては不気味な笑みを浮かべている寿老人の銅像をかざしながら、ぬりかべ同心は言った。

「わしらの思いが通じて、その銅像がどこからか……」

「黙れ」

同心は郷海を鋭く制した。

「そりゃ、おめえは無理だろうが、こいつならできただろうぜ」

ぬりかべ同心が指さしたのは、院ノ龍だった。

呂助と子之吉が十手を抜く。

「憎き親方めがけて銅像を投げつけて殺めたいのはやまやまだが、そのまんま事を起こしたら丸分かりだ。そもそも、屋根船のほうからも見えるからかわされちまう。そこで、おめえらは途方もねえ絵図面を描きやがったんだ」

ぬりかべ同心の声が高くなった。

行司と床山、それに若い力士も浮き足立つ。

「夜稽古に出番のねえはずの行司も帯同して、のこったのこったの声を張り上げてうるさがられてたのにはわけがあった。寿老人を飛ばすときに気合の入ったうなり声が放たれるからな。それを隠すために、おめえもあの場にいたんだ」

ぬりかべ同心は式守喜三郎を指さした。

行司は答えない。その顔が真っ赤に染まっている。

「隠すための大仕掛けが歌舞伎の連獅子だ」

同心は首を回してみせた。

「余興の稽古とは笑わせやがる。あれも行司の声と同じで、肝心な所作を隠すための仕掛けだったんだ」

ぬりかべ同心はそう言うと、いよいよ本丸に討ち入った。

「このずっしりと重い寿老人像に縄をくっつけて、ぐるんぐるん振り回して遠くから投げりゃ、うまく当たりゃあ人を殺められる。だがよ、そんな目立つ動きをしようもんなら、屋根船からは丸分かりだ。院郷親方にさらっと身をかわされて終わりだろうよ。そこで……」

同心は首をゆっくりと回してから続けた。

「連獅子の出番だ。ついでに、稽古に関わりのなさそうな床山の出番だ」

床留の顔が紙のように白くなった。

「髷が薄くなったやつにゃ無理だが、おめえならできる」

ぬりかべ同心が指さしたのは、院ノ龍だった。

「おめえの豊かでしっかりした髷を解いて、縄のように縒《よ》り合わせりゃあ、ずいぶんと長くなるだろうぜ。その先に縄をくっつけてぶるんぶるん振り回す。もちろん、その先端には寿老人の銅像をしっかりとくくりつけてある。その動きが目立たねえように、ほかのやつらは連獅子の稽古をする。おめえはいくたびか体を回して勢いをつけ、えいとばかりに気合もろとも縄を放つ。そのときに出た声を消すために、行司が甲高い声を張り上げる。こうして空を飛んだ寿老人は、思いが通じたのかどうか、物の見事に親方の頭に命中して頓死させ、注文どおりにおかみも心の臓に差し込みを起こして死んだ」

同心は一瀉《いっしゃ》千里に謎を解いた。

「それからおめえは岸を陸《おか》のほうへ走って寿老人像を回収した。ここからはまた床山の出番だ。縄を外し、また元の髷に素早く結い上げりゃ、まさか髪の毛を使ったとはだれも思うめえ。どうだ、この絵図面に間違いがあるか？」

ぬりかべ同心は一歩前へ踏み出した。

そのとき、院ノ龍の形相が変わった。

立ち合いに臨む力士の顔になった。

十

「やっちめえ」

ひと声発するなり、院ノ龍はぬりかべ同心の胸めがけて思い切り頭からぶちかましていった。

同心がさっといなし、右の張り手を喰らわす。

ばちーん、といい音が響いた。

「御用だ」

「御用」

呂助と子之吉が十手を抜いた。

たちまち、ほかの取的ともみ合いになる。

ぬりかべ同心は素早く着物を脱ぎ、褌《ふんどし》一丁になった。

胸も肩もよく張った、ほれぼれするような体だ。

その偉丈夫のうしろから、加賀ノ郷が組みついた。院ノ龍と二人がかりで必死に倒そうとする。

「馬鹿たれっ」

同心は一喝すると、勢いよく振り回して立てみつの向こう側をむんずとつかみ、ぐいと手前にねじって加賀ノ郷を投げ飛ばした。

はりま投げだ。

「てやっ」

若い院山が頭から突っこんでくる。

ぬりかべ同心はがちんとカチ上げで受け止めた。

院山が思わずのけぞる。

その首を上からはたくと、若い取的はがっくりとひざをついた。

素首《そくび》落としだ。

もう一発、つらを思い切りはたくと、院山は白目を剝いて伸びた。

もと大呂木の呂助は、伊勢ノ郷の両のかいなをきめていた。

大の字なりに腕を広げて来るから、相手はどうしてももろ差しになってしまう。

そこをひじまでがっしときめれば、もう身動きは取れない。

大ざっぱな相撲だが、引退したいまも怪力は健在だった。

「ぐわっ」

振りほどこうとした伊勢ノ郷は悲鳴をあげた。

ひじがぼきぼきと音を立てたのだ。

「御用だ」

あまりの痛みにひざをついた伊勢ノ郷をたちまちお縄にする。

十手屋では見せない水際立った働きだ。

「逃すな」

ぬりかべ同心が声を発した。

式守喜三郎と床留が部屋から逃げようとしていた。

「待ちな」

もと颱の子之吉が素早く追う。

力士相手だと分が悪いが、行司と床山なら話はべつだ。

さっと前へ回り、行く手をふさぐ。

院郷部屋の周りには、町方の捕り方も待機していた。

「御用だ」

「御用」

たちまちなだれこみ、一人また一人とお縄にしていく。

「もう一丁こい！」

ぬりかべ同心が声を張り上げた。

一度投げ飛ばされた加賀ノ郷がまたぶつかってきた。

カチ上げではね返し、腰の入った突っ張りで攻め立てる。

最後に渾身の力をこめてどんと突き放すと、加賀ノ郷は壁に頭をしたたかに打ちつけて崩れ落ちた。

「喰らえっ」

郷海は木刀を振り回してきた。

ばしっ、と同心が両手で受ける。

左右にぐいとねじると、古参の力士の手から木刀が離れた。

ぬりかべ同心はそのまま素早く間合いを詰めると、郷海の首を両手で挟んでぐいとねじった。

「ぎゃっ」

郷海はきれいに一回転して背中から落ちた。

徳利投げだ。

さらに鋭い当て身を喰らわすと、髷の薄くなった力士はびくっと身をふるわせて気を失った。

残るは院ノ龍だけだ。

ぬりかべ同心は堂々と組み合った。

互いに引き付け合い、呼吸を見計らう。

同心は院ノ龍に攻めさせた。敵の力と技が分かれば、それに応じて切り返すことができる。

院ノ龍はいくたびもゆさぶりをかけた。寄り身と足技まで見せた。

それでも、ぬりかべ同心はびくともしなかった。その太い両脚は地に根を生やしているかのようだった。

院ノ龍の息が上がってきた。

いよいよだ。

「ていっ」

気合もろとも、ぬりかべ同心は院ノ龍を根こそぎ持ち上げた。

力士の体が宙に浮く。

足をバタバタさせたが、無駄なあがきだった。

ぬりかべ同心はここぞとばかりに院ノ龍を土俵にたたきつけた。

吊り落としだ。

裏返しになったところへ蹴りを入れる。

「御用だ」

「御用」

捕り方がわっと取り囲んだ。

かくして、院郷部屋の者たちは一網打尽になった。

十一

いかに院郷親方が因業であっても、師匠は師匠だ。それをみなで謀って殺めたのだから、院郷部屋の力士たちは死罪になっても文句は言えないところだった。

だが……。

北町奉行が下したお裁きは遠島《えんとう》だった。力士も行司も床山も、分け隔てなく遠島に処せられることになった。

手を下したことになる院ノ龍だけは死罪かと思いきや、これも仲間と同じ遠島になった。情けあるお裁きを聞いたとき、力士は男泣きに泣いた。

奉行が温情のお裁きを下したのには、取り調べに当たった同心の咎事に関する書きものの力が大きかった。息子のひいき力士でもある院ノ龍の命を救うべく、甘沼大八郎同心は真心をこめて取り調べの書きものをしたためた。それが奉行を動かしたのだ。

かくして、江戸じゅうの話題になった咎事は一件落着し、罪人を乗せた船がゆっくりと岸を離れた。

その様子を、ぬりかべ同心が腕組みをして見送っていた。

巨体は船からも目立つ。

二度と江戸へ戻れぬ島へ流されていく罪人たちも気づいた。

「甘沼さまーっ」

真っ先に声を発したのは院ノ龍だった。

「ありがたく存じました」

「おかげさまで命が助かりました」

「ありがてえ」

なかには両手を合わせて拝む者までいた。

ぬりかべ同心の尽力があったればこそ、罪一等を減じられて遠島にとどまったことは、いつのまにかみなの耳に入っていた。

「おれは何にもしちゃいねえぜ」

ぬりかべ同心はとぼけた。

「甘沼さまのおかげだって聞きました」

「命の恩人で」

「島で畑を耕して、魚を獲って暮らしていきまさ」

「島の子たちに相撲を教えてよう」

これから島流しだというのに、院郷部屋の面々の顔は明るかった。

「達者で暮らせ」

ぬりかべ同心は大きな声で言った。

「へい」

「甘沼さまの御恩は一生忘れません」

「ありがてえ」

「ありがてえ」

またいくたりかが手を合わせた。

記録によると、院郷部屋の一行は無事、島にたどり着いた。畑を耕し、いくたりかは島の娘を女房にして、子に相撲を教えた。その血脈は長く継がれ、戦後になって幕内力士を生んだ。遠島に遭ってから幾星霜《いくせいそう》、ついに江戸、いや、東京に帰還を果たしたのだ。その力士の髷はほれぼれするほど豊かだったと伝えられているが、先祖が院ノ龍かどうかは、さだかでない。

第五話　最後の大奇術

一

「久々でございますね、ここまで来るのは」

志津が周りを見ながら言った。

「前に来たときは、観音様にお参りしただけだったからな」

甘沼大八郎同心が答える。

「仲見世にもまいりました、父上」

八つの大志郎が言う。

「お土産におせんべいを買いました」

五つの剛次郎も和す。

「それは観音詣でのうちだからな」

ぬりかべ同心は笑って答えた。

「奥山は人が多いから、迷子にならぬように気をつけなさい」

志津が言った。

「はい、母上」

二人の息子の声がそろった。

非番の月に相撲見物をという話をしていたが、あいにく院郷部屋の事件があって果たせなかった。そこで、仕切り直しとばかりに浅草の奥山へ出かけてきたところだ。

浅草の奥山といえば、江戸でも指折りの繁華な場所だ。見世物小屋や因果物、大道芸人や物売りもとりどりに出ていつもにぎやかだ。

今日のお目当ては、道灌山大奇斎《どうかんやまだいきさい》の引退興行だった。奇術もしくは手妻使いの名手は数々いるが、大がかりな消え技といえば、まず指を屈せられるのが道灌山大奇斎だ。

その大奇術師も、いよいよ今日をかぎりに足を洗うことになった。このところお上の風当たりが強く、気を失う客もあまた出る大奇斎の派手な舞台は目をつけられていたから、このあたりが潮時だと思ったのかもしれない。

「最後の舞台だから、よほど度肝を抜くような技を用意しているだろうよ」

ぬりかべ同心が言った。

「どんな技でございましょうね」

志津がちらりと胸に手をやった。

「怖い技でしょうか」

大志郎が少し首をすくめた。

「さあな。行って観てみないことには分からぬ」

父は答えた。

ほかにも道灌山大奇斎の最後の舞台をひと目観ようという客が押し寄せており、人の流れができていた。

「入れましょうか」

志津が不安げに言う。

「始まりにはまだ間があるし、常ならぬ木戸賃だからな。入れぬことはなかろう。ただし……」

ぬりかべ同心は息子たちのほうを見て言った。

「始まるまでおとなしく待たねばならぬぞ。騒いだりしてはいかん」

「はい、父上」

二人の息子の声がそろった。

ほどなく、行く手に活き人形が見えてきた。

等身大の奇術師が「ようこそのお越し」とばかりに両手を広げている。

最後の舞台になる見世物小屋に着いたのだ。

二

すでに列ができていた。

列に並ぶのは町人も同心もない。ぬりかべ同心の家族も最後尾についた。

「はい、まだまだ入れますよ。心安んじてお並びくださいね」

驚異無双、道灌山大奇斎と縫い取りのある派手な半裃《はんがみしも》をまとった小男が近づいてきた。

「木戸口まで、この口上を読みながらお待ちくださいまし」

刷り物を一人ずつ渡していく。

「二枚で良い」

ぬりかべ同心は言った。

「へえ、恐れ入ります」

同心と志津の手に刷り物が渡った。

「気の入った口上でございますね」

志津が言った。

「うむ」

ぬりかべ同心は瞬きをした。

じっと刷り物に目を落とす。

そこには、こう記されていた。

ただ一心に念ずれば驚異の奇術の泉わく
すくひの神はとほきそらよりあらはれん
かくも有り難き江戸の民に置き土産をと

つねづね勘案しつつ匠のたましひをこめ
たのしく演ずる最後の舞台のおもしろさ
ののしりと諍《いさか》ひをやめ江戸の民よ楽しめ
はじめて観る者はおのが心の盃を満たせ
しやうばいにあらずいま披露されるのは
やうやく成りし大技にてこの技だけはと
うたかたの世にその一身に熱と志をおふ
きじゆつし一世一代の捨て身の舞台かな
さあさお立合ひ善男善女たち出でてみん
いざ大奇斎その全てを賭けし夢舞台なり
だれもが感嘆せんこはまさに奇跡なりと

「父上」

剛次郎がだしぬけに口を開いた。

「ん、何だ？」

気を集めていた同心は、ややうるさそうに問うた。

「はばかりに行きとうございます」

五つのわらべが言う。

「ならば、案内《あない》してまいりましょう」

場所を知っている志津が言った。

「頼む。おまえはいいのか?」

大志郎に問う。

「はい」

長男が短く答えた。

ぬりかべ同心はなおも刷り物をじっと見据えた。

うしろに行列が延びる。

ほかの客の話し声が耳に入ってきた。

「大奇斎の舞台も今日で見納めか」

「だいぶ前からひいきにされてましたからね、大日那さまは」

商家の隠居とお付きの手代とおぼしい二人連れだ。

「ここのところお上の締めつけが厳しくて、手鎖《てぐさり》の刑を受けたりしていたから、潮時だと見たんだろう」

「奇術師も大変でございますね」

「地味な手妻遣いならともかく、大掛かりな仕掛けを使って、鬼面人を驚かす大奇斎のような人は生きづらい世の中になったのかもしれない」

隠居の言葉を聞きながら、同心は口上の刷り物に目を走らせていた。

ほどなく、その顔つきが変わった。

「ふふっ」

思わず笑いがもれる。

「いかがされました、父上」

大志郎が気づいてたずねた。

「いや……」

ぬりかべ同心の表情がまた引き締まった。

開いたのは外側の扉だけだ。

行く手には、まだ数々の扉が待ち受けていそうだった。

三

並んで待っているうちに、日はだんだんと西に傾いてきた。

活き人形の道灌山大奇斎が、木戸に近いところで両手を広げて出迎えている。見れば見るほどよくできた造りものだ。

「お香を焚いてありますね」

志津が活き人形のほうを指さした。

「そうだな。まじないをかけるようなものか」

ぬりかべ同心が軽く首をかしげる。

「奇術が終わって出るころには、だいぶ暗くなっているかもしれません」

志津がいくらか案じ顔で言った。

「提灯の備えはあるし、あまり遅くなるようなら駕籠を拾っても良かろう」

同心は答えた。

二人の息子がさすがにじれてきた頃合いに、ようやく木戸に着いた。

「お待たせいたしました。係がご案内いたしますので」

木戸番がにこやかに言う。

「足元に気をつけて。中も暗いから」

志津が子どもたちに言った。

「はい」

と、答えるなり、剛次郎がつまずいた。

それほどまでに小屋の中の灯りは心細かった。

「こちらに並んでおかけくださいませ」

係の者が長床几を手で示した。

「おれは二人分だから相済まぬことだ」

ぬりかべ同心がそう言って、慎重に腰を下ろした。

見世物小屋と言っても、造りはかなりの大きさで、百数十人分の客席があった。

舞台の幕はまだ上がっていない。

黒い幕には、大奇斎が手妻を行う姿が縫い取られていた。仕込み杖から鮮やかに花束を出す場面だ。

「最後の大仕掛けはいかなるものでございましょうね」

志津が言った。

「がんじがらめに縛られて水中に投じ入れられ、何事もなかったかのように復活したり、棺桶に火を付けられて火の海の中からよみがえったり、いままで数々の大技を繰り出してきた奇術師だ。さぞや驚くような仕掛けだろうよ」

そう答えると、ぬりかべ同心はまた口上の刷り物に目を落とした。

手元は暗いが、まだかろうじて文字を読むことはできた。

間違いない。仕込みがなされている。

となれば……。

同心が読みを入れていると、うしろの席から話し声が聞こえてきた。

「うわさによると、大奇斎は体の具合が芳しくないそうだね。舞台に立つと人が変わったみたいにしゃきっとするようだが」

「それで引退を決めたのでしょうか、旦那さま」

商家のあるじとそのお付きという感じの二人の客だ。

「いや、それだけじゃない。大きな声じゃ言えないが、お上の締めつけが厳しくなって、手鎖の刑を受けたことがずいぶんとこたえたそうだ」

「何も悪いことはしておりませんのに」

「まったくだ。そりゃ鬼面人を驚かすようなことはやってたが、せんじつめればお客さんを楽しませるためだよ。お上も無粋なことをするものだね」

町方の役人にとってみれば、なんとも耳の痛い話だった。

前のほうからも話し声が響いてきた。

「大奇斎は昨年、糟糠《そうこう》の妻を亡くしてずいぶんと落胆していたようだ」

「奇術の助手にも使っていたらしいな」

お忍びの勤番の武士とおぼしい二人組だ。

「いかにも。いまは実の娘が助手をつとめているらしい」

「一世を風靡《ふうび》した大奇斎も今日で見納めか」

「寂しいのう」

片方の武家がしみじみと言った。

そうこうしているうちに客席が埋まり、人いきれで息苦しいほどになってきた。

「母上、お水」

大志郎が手を伸ばす。

「はいはい。いちどきに呑んではいけませんよ」

志津が竹筒を渡したとき、拍子木が鳴った。

いよいよ幕が開くのだ。

四

「東西《とざい》！」

よく通る声が響き、また拍子木が鳴った。

幕がゆるゆると二手に開き、真っ赤に塗られた舞台に黒い紋付き袴姿の男が現れた。

長い総髪を白い元結《もっとい》で束ねたこの男こそ、不世出の奇術師、道灌山大奇斎だ。

「ようこそのお運びで」

大奇斎は両手を広げて言った。

体調が芳しくないといううわさだが、声には存分に張りがあった。

「まずは前座で」

奇術師は指を鳴らした。

舞台の両袖から、半袢をまとった助手がささっと駆け寄り、杖のようなものを渡した。

半袢に名が記されている。奇作《きさく》と驚作《きょうさく》だ。顔がそっくりだから双子だろう。

「東西！」

いい声を発すると、大奇斎は二本の杖を回しはじめた。

そのうち、片方を宙に投げ、見事に受け止めてはまた投げる。さらに、両方を同時に投げ、受け止めてはまた放り上げる。

少しずつ速くなる見事な技に、ぬりかべ同心の二人の息子もひざをたたいて大喜びだ。

杖を使った技はそれだけではなかった。

「この暗き世に、花を咲かせましょう」

そう言うなり、大奇斎は杖から花をひねり出した。

桜に梅に牡丹。

次々に美しい花が現れるたびに、客席から歓声がわく。

「わあ、すごい」

「また出たよ、父上」

大志郎も剛次郎も瞳を輝かせていた。

「よっ」

「日の本一」

近くで掛け声が飛ぶ。

あれよあれよと言ううちに、舞台は花だらけになった。

「東西！」

大奇斎がひときわいい声を響かせる。

幕がいったん閉じ、奇術師も花も闇に沈んだ。

五

「今度は何でございましょう、母上」

大志郎が言った。

「びっくりするような奇術ですよ」

志津が答える。

「いまのはまだ前座だからな。ちょっとずつ大がかりになっていくはずだ」

ぬりかべ同心が言った。

「楽しみ」

剛次郎が無邪気に言ったとき、また拍子木が鳴って幕が開いた。

観客は息を呑んだ。

戸板に女がくくりつけられている。

がっしりと縄で縛《いまし》められ、身動きが取れない様子だ。

「おう。妖しい子の妖子《ようこ》ってんだ。弟子の生奇斎《しょうきさい》とくっついて一緒になってら。おめえはおれの代わりに長生きしなってことで『生』をくっつけたらしい」

事情にくわしい観客の声が聞こえた。

「なるほど、弟子の生奇斎か」

ぬりかべ同心は独りごちた。

霧が晴れ、像がくっきりとしてきたような気がした。

「東西！」

舞台の袖から道灌山大奇斎が現れた。

大きな包丁を手にしている。

それも一本ではなかった。代わるがわるに宙に舞わせては受け取り、また放り上げていく包丁は三本あった。

めくるめく速さになって喝采を浴びたあと、大奇斎はすべての包丁を手にして笑みを浮かべた。

今度は戸板のほうに向かう。

「大奇斎の娘だぜ」

「東西！」

大奇斎は一本目の包丁を振り上げた。

戸板まではかなりの間がある。そこへ包丁を投げつけようというのだ。

「父上……」

剛次郎が泣きそうな声を出した。

「しっ、黙って見ておれ」

父がたしなめる。

客席が静まるのを待ち、大奇斎は包丁を投げた。

ひっ、と短い悲鳴が響く。

銀色の包丁は鮮やかな弧を描き、娘の胴体すれすれに突き刺さった。

さらに二本目を投げる。今度は逆側に刺さった。

大奇斎はにやりと笑うと、残った一本を天井高く放り投げて受け取った。

助手が瓜を持って現れた。

怖れに目を瞠る娘の頭の上に置く。

でろでろでろでろ……。

太鼓が鳴り響いた。

「東西！」

大奇斎は芝居がかったしぐさで包丁を振り上げた。

剛次郎が志津のひざに顔を埋める。

大志郎は両手の指をしっかりと組み合わせた。

太鼓が止んだ。

それを合図に、最後の包丁が宙に舞った。

次の刹那、銀色の刃物は物の見事に瓜に突き刺さった。

六

ここでまた幕が閉じた。

「麦湯、いかがですか」

茜《あかね》のたすきをかけ渡した娘が盆を運んでくる。

「母上、のどが渇きました」

大志郎が言った。

「いちばんいいときにはばかりへ行きたくなりますよ」

志津が言う。

「平気でございます」

長男がそう言うから、麦湯をあがなった。

「ありがたく存じます。一杯十八文です。湯呑みは置いたままで」

娘がにこやかに言った。

「いいあきないをしてるな」

ぬりかべ同心は苦笑いを浮かべた。

幕の向こうから声が聞こえる。大奇斎が何か命じているようにも感じられた。

近くの席からさまざまな話し声が聞こえてきた。

「次はいよいよ大仕掛けであろうな」

武家の客が言う。

「『一世一代の捨て身の舞台』だ。生半可なものではあるまい」

そのつれが口上の刷り物を目に近づけて答えた。

「どんな舞台でございましょうね」

刷り物に潜む判じ物に気づいていない志津は呑気に言ったが、ぬりかべ同心は生返事をしただけだった。

いろいろな思案が脳裏を駆け巡っていた。

すでに判じ物の答えは分かっている。ぬりかべ同心の頭の巡りをもってすれば、造作もなく解ける判じ物だ。

しかし……。

それが実際にどのようなかたちでうつつのものとなるのか。そして、おのれはどうすればいいのか。いま一つ心を決めかねていた。

この舞台を止めるべきかもしれない。おそらくは、それが最上の策であり、判じ物に気づいた者の責務なのだろう。

だが……。

ぬりかべ同心は動こうとしなかった。いや、動けなかった。

この小屋には、目に見えない気のごときものが満ちていた。最後の大奇術に臨む道灌山大奇斎の気だ。

　おのれの奇術師人生を賭けて、大奇斎はこの最後の舞台に臨んでいる。その一世一代の大奇術に待ったをかけることはどうしてもできなかった。たとえ、不吉な臭いが濃厚に漂っていても、見守っているしかなかった。

　ほどなく、また拍子木が鳴った。

「あっ、始まるよ」

　剛次郎が無邪気な声をあげた。

「怖い出し物だったら、目をつむっておれ」

　ぬりかべ同心は次男に告げた。

　その脳裏に、凄惨な場面がちらりと浮かんで消えた。

七

「東西！」

ひときわ凜《りん》とした声が響きわたった。

幕が開く。

客席から思わずため息がもれた。

大奇斎は金色《こんじき》に輝く衣装を身にまとっていた。

「よっ、道灌山」

「日の本一」

声が飛ぶ。

舞台の真ん中には、大きな台が置かれていた。

助手の驚作と奇作が両脇に待機している。

「これより、わが道灌山大奇斎、終いから二番目の大奇術をご披露させていただきます」

大奇斎は両手を大きく広げて口上を述べだした。

「と申しましても、これよりもう一つ、終いの大奇術があるわけではございません。本日の奇術はこの大技にて終了でございます」

一つ息を入れ、大奇斎はさらに続けた。

「わが人生の終いの大奇術は、研鑽を積み、何のお咎めを受けることもないあの世にてご披露させていただく所存でございます」

大奇斎はそう言うと、手の動きを変えて上を示した。

(何のお咎めを受けることもないあの世か……)

ぬりかべ同心は腕組みをした。

いよいよ本気だぞ、と思う。

止めるなら、いまだ。それに、大奇斎を止められる者はおのれしかいない。

しかし、ぬりかべ同心はどうしても席を立つことができなかった。「待った」のひと言をかけられない。

さしもの同心も、大奇斎の気迫に圧《お》されたのだ。志と言ってもいい。

大奇斎はこの最後の舞台におのれの人生を賭けている。それが痛いほどに伝わってきた。それゆえ、どうしても動くことができなかったのだ。

そのうち、あることにはたと気づいた。いまの口上は謎かけかもしれない。

刷り物を探る。

だが、すでに暗く、目を近づけても確認することはできなかった。

「では、道灌山大奇斎、一世一代の舞台の始まり、始まりー」

小屋にひときわよく通る声が響きわたった。

八

台の上に据えられていたのは、妙な形の棺のごときものだった。

その蓋を開け、大奇斎は中に横たわった。

ただし、穴がいくつか開いていた。そこから首と手足を出せるようになっている。

大奇斎の支度が整うと、双子の助手がてきぱきと動き、棺に厳重に鍵を掛けた。

「あそこから抜け出すのかい」

「そりゃ、大奇斎だからよ」

まわりでささやく声が響く。

助手たちがくるくると台を回した。上に載った大奇斎の棺のごときものも同じように動く。

「火でも付けるのかい」

「何か仕掛けがあるんだろう」

「そりゃ、種はあるだろうがよ」

なおもささやく声が響いていたが、ほどなく水を打ったように静まった。

舞台にもう一人の人物が現れたからだ。

その人物はお面をかぶっていた。

閻魔《えんま》大王の面だ。手には斧を提げている。よく切れそうな斧の刃が光を弾く。

恐ろしい形相の閻魔大王は、いくたびか斧を振り下ろすしぐさをした。

そのたびに、大奇斎の顔に恐怖の色が浮かぶ。

「父上……」

剛次郎が泣きそうな声を出した。

「目をふさいでおれ」

ぬりかべ同心は小声で言った。

わらべはこくりとうなずいた。

二人の助手がまた台を動かす。棺のようなものから首を出した大奇斎が、ばたばたと手足を動かす。

「あれじゃ逃げられねえぜ」

「いや、手下が動くんだろうよ」

「おっ、いよいよだぜ」

周りの声が静まった。

奇作と驚作、同じ顔をした助手が銀色に光り輝く幕を広げ、大奇斎が縛められた台を覆った。

でろでろでろ、と太鼓が鳴る。

いままでとは違った、肺腑をえぐるような鳴り方だ。

その音にいざなわれるように、閻魔大王が大きく斧を振り上げた。

客が息を呑む。

幕の向こうで、悲鳴が響いた。

大奇斎の声だ。

助手たちは幕の内側を見ない。どちらも顔面蒼白だ。

「血だ」

だれかが声をあげた。

「血が飛び散ったぞ」

前のほうから切迫した声が飛ぶ。

閻魔大王の仮面をかぶった男は、またしても斧を振るった。

幕の向こうから惨劇の気配が伝わってくる。

大奇斎の手足を、斧で次々に斬り落としているのだ。

「最後に、首も落とされます」

悲痛な声が響いてきた。

大奇斎の声だ。

「見事、復活できましたらおなぐさみ」

五臓六腑から振り絞るような声だった。

血に濡れた斧がかざされる。

悲鳴があがる。

なかには気を失う客もいた。

「母上……」

大志郎が泣きそうな声を出した。

「目を閉じていなさい」

志津が手を伸ばす。

剛次郎はもう両手でしっかりと顔を覆っていた。

「ぐわっ」

幕の向こうで、何とも言えない声が響いた。

また斧が振り下ろされたのだ。

大奇斎の手足が次々に斬り落とされていく。その切迫した気配が伝わってくる。

なかにはいたたまれなくなって席を立つ者もいた。顔に血の気がない。

「やめろ」

「殺す気か」

怒号も飛ぶ。

太鼓の音がひときわ高くなった。

いよいよ大詰めだ。

「大奇斎を打ち首にいたしまする」

閻魔大王が血に濡れた斧をかざした。
また一人、気を失って倒れる。
ひとしきり鳴りつづけていた太鼓の音が止んだ。
小屋が静まる。
恐ろしい一瞬だった。
ぐしゃっ、と鈍い音が響いた。
さらに斧を振るう気配がする。
銀色の幕を掲げる二人の助手の表情が変わった。内側で何かが行われている。
ややあって、閻魔大王があるものを高々とかざした。
それは、道灌山大奇斎の首だった。

九

ぬりかべ同心は目を瞠った。

とても作り物には見えなかったからだ。

ついさきほどまで口上を述べていた大奇斎と寸分も違《たが》わない顔がそこにあった。

しかも、血が滴っていた。

牛の血などを用いたとも考えられるが、信じられないほど真に迫っている。

「東西！」

銀色の幕を持って舞台の左端に立つ奇作が声を発した。

「見事、旧に復しましたらおなぐさみ」

右端の驚作も精一杯の声で言う。

どどん、と太鼓が鳴り、閻魔大王が大奇斎の首とともに姿を消した。

ぬりかべ同心は一つうなずいた。

太鼓がひとりでに鳴るはずがないから、奥にもう一人いる。この先、太鼓が鳴らなければ、その男もしくは女は幕の陰で何事かを手伝っているはずだ。

「首を斬り落とされて元通りになるかよ」

「それなら首斬り浅右衛門《あさえもん》はあきないあがったりだぜ」

一人の客がうまいことを言ったので、何とも言えない雰囲気だった小屋にわずかに笑いがわいた。

「大奇斎はあの世から戻りますので」

「いささか時がかかります」

「いましばし」

「お待ちいただきたいと存じます」

同じ顔をした二人の助手が掛け合う。

そのあいだ、太鼓は一度も鳴らなかった。

ぬりかべ同心は立ち上がり、幕のほうへのしのしと歩いた。

「近づかぬように」

奇作があわてて言った。

ぬりかべ同心はさらに近づいた。幕の裏の気配をたしかめたかったからだ。

仁王立ちで腕組みをし、ぐっと気を集める。

たしかに気配が伝わってきた。

幕のうしろで何かが動いている。足音が響く。

何かを運び出しているような感じもした。

そればかりではない。

小屋の外からも気配が伝わってきた。ひそかに動いている者がいる。

もう外は暗くなっているらしい。目を凝らしても、人影らしきものは見えなかった。

「まもなくでございます」

驚作が口を開いた。

「おう、お武家さま、そこに立たれてちゃ見えねえぜ」

うしろから声が飛んだ。

「ぬりかべが突っ立ってるみてえだからよ」

もう一人が言う。

ぬりかべ同心は苦笑いを浮かべて向き直った。

「いま戻る」

そう言うなり、またのしのしと歩きだす。

二人の助手はほっとしたような顔つきになった。

十

ぬりかべ同心が席に戻ってほどなく、また太鼓が鳴りはじめた。

ことに気の入った打ち方だ。

「もう怖くはありませんよ、きっと」

志津が小声で言った。

「ちゃんと身を起こしてみておれ」

ぬりかべ同心も二人の息子に言う。

べそをかいていた大志郎と剛次郎はやっと居住まいを正した。

太鼓が止み、拍子木が入った。

「東西！」

凛とした声が響きわたった。

客席が静まる。

奇作が驚作に目配せをした。

二人の助手が息を合わせ、さっと銀色の幕を下ろし、素早く舞台の袖へ退《さ》がっていく。

「おお」

「大奇斎だ」

「首がつながってるぞ」

客席から驚きの声があがった。

閻魔大王の手で切り落とされたはずの大奇斎の首は、たしかに胴体につながっていた。

「これぞ一世一代の大奇術でございます」

声がひときわ高くなった。

「ひとたびはあの世にまいりましたが、ありとあらゆる秘術を用い、この世に舞い戻り、いまこうして舞台に立っております」

奇術師はそう言って、大きく両手を広げた。

「すげえ」

「いったいどんなからくりだよ」

「夢見てるみてえだぜ」

客は興奮して口々に言ったが、すでに真相を見抜いているぬりかべ同心だけは冷静だった。

じっと腕組みをして、痛ましそうに舞台を見ていた。

「この世における最後の大奇術、これにて終了にございまする」

大奇斎の声に、太鼓がかぶさって勢いよく鳴る。

小屋はたちまちやんやの喝采に包まれた。

十一

「子どもらを頼む」

ぬりかべ同心は志津に言った。

「いずこへまいられます？」

志津が問う。

「出口を検分する。ゆっくり出てまいれ」

そう答えると、ぬりかべ同心は俊敏に動いた。

偉丈夫だが、いざとなればだれよりも身のこなしが速い。

客の流れをすり抜け、同心は出口に向かった。

出入口は一つしかない。外へ出ると、もう真っ暗だった。

月あかりがあった。

かすかに青白い月光が、等身大の大奇斎の活き人形をしみじみと照らしている。

いち早く出口に向かったのは、ぬりかべ同心だけではなかった。

所属はどこか判然としないが、役人が二、三人、検分を始めていた。

鬼面人を驚かす奇術が人心を惑わすとして、大奇斎は手鎖の刑を受けている。かねてよりお上からにらまれていた奇術師だ。

「種も仕掛けもございませんので」

復活した大奇斎が両手を広げた。

「では、あの首はいかがした」

役人が詰め寄る。

「作り物でございます。血は牛の血を用いました」

大奇斎が答えた。

「いまどこにある。そこか?」

役人は小屋の脇に運び出されていた台と棺のような箱を指さした。

「奇術師は舞台裏を明かしませぬ。よって、いち早く運び去りました」

大奇斎は胸を張った。

「嘘ではあるまいな?」

役人がにらみを利かせる。

「嘘偽りはございませぬ」

大奇斎は見得を切るように言った。

先に調べを始めた役人の顔もある。ぬりかべ同心はひとまず見《けん》をすることにした。

役人が二人の手下に命じ、棺をあらためさせた。

「何も入っておりませぬ」

「血で濡れておりますが」

ほどなく声があがった。

ここでぬりかべ同心が腕組みを解いた。

「それがしは北町奉行所の定廻り同心、甘沼大八郎だ。その棺、底に厚みがあるのではあるまいな」

太い腕で示す。

「なるほど。ひそかな隠し場所があるわけか。調べろ」

役人は再び手下に命じた。

しかし、棺のごときものには種も仕掛けもないようだった。

大奇斎のほかに、弟子の奇作と驚作、娘の妖子と裏方の小吉《こきち》がいた。

だが、義理の息子の生奇斎の姿はどこにも見えなかった。

ぬりかべ同心は鼻をひくつかせた。

小屋に入る前から漂っていた香がひときわ強くなっていた。夜になって風も出ているのにかえって強烈に感じるのは、なかなかにいぶかしいことだった。

「まさかと思うが、よく似た者を本当に殺めたのではあるまいな?」

役人はさらに詰め寄った。

「滅相もないことでございます。よくよくおあらためくださいまし」

奇術師は身ぶりをまじえて答えた。

ぬりかべ同心は迷った。

ここで「待った」をかけることもできる。

真相はもう読めているのだ。

かぎりなく証に近いものもある。

だが……。

いかなる思いでこの最後の大奇術が行われたか。舞台に関わった人々の心情に思いをはせると、どうしても「名代の謎解き師」めいた動きをすることはためらわれた。

「まあ、良いであろう」

なおも調べを続けていた役人はあきらめた様子だった。

「向後は、いま少し陰惨でない舞台を心がけよ」

役人は最後にそう言い渡した。

「ははっ、肝に銘じましてございまする」

大奇斎は芝居がかったしぐさで頭を下げた。

十二

翌《あく》る日——。

ぬりかべ同心の姿はいつもの茅場町の十手屋にあった。

あるじの呂助とおかみのおちか。相模屋の隠居の徳蔵とお付きの手代の寅吉。その四人にだけだが、いま真相を語り終えたところだ。

「それにしても、驚きましたねえ、旦那」

呂助がまだ半信半疑の面持ちで言った。

「判じ物を解いたのは旦那だけだから、真相は闇の中ってことになるんでしょうか」

おちかが問う。

「まあ、そうするかどうかは会って話をしてからだな」

ぬりかべ同心はそう言って、猪口の酒を口に運んだ。

「奇術の口上の刷り物を、妙な読み方をするのは旦那くらいでしょうからな」

隠居が笑みを浮かべる。

「わたしなんか、何度読んでも分かりません」

手代がお手上げの顔つきで言った。

「おれも、この二つ目のは危うく見逃すところだった」

ぬりかべ同心は刷り物を指さして言った。

「これは終いから二番目の大奇術で、終いの大奇術はあの世でやると妙に強調してやがったから、ははんと思ってあとで刷り物を見たら案の定だったぜ」

渋くにやりと笑うと、ぬりかべ同心は太い指を滑らせていった。

ただ一心に念ずれば驚異の奇術の泉「わ」く
すくひの神はとほきそらよりあらは「れ」ん
かくも有り難き江戸の民に置き土産「を」と
つねづね勘案しつつ匠のたましひを「こ」め

たのしく演ずる最後の舞台のおもし「ろ」さ
ののしりと諍ひをやめ江戸の民よ楽「し」め
はじめて観る者はおのが心の盃を満「た」せ
しやうばいにあらずいま披露される「の」は
やうやく成りし大技にてこの技だけ「は」と
うたかたの世にその一身に熱と志を「お」ふ
きじゆつし一世一代の捨て身の舞台「か」な
さあさお立合ひ善男善女たち出でて「み」ん
いざ大奇斎その全てを賭けし夢舞台「な」り
だれもが感嘆せんこはまさに奇跡な「り」と

「むろん、どこぞのおかみが殺めたってわけじゃねえ」

おちかのほうをちらりと見てから、ぬりかべ同心は続けた。

「大奇斎はお上から手鎖の刑を受けた。おのれは長年、人を楽しませる舞台を心がけてきたのに、真っ向から『まかりならぬ』と斬られたようなもんだ。そんな非情なお上に抗うために死を選んだとも言えるだろう」

「憤死みたいなもんですか」

呂助があいまいな顔つきで言った。

「人ってのは一つの理由《わけ》で死を選んだりはしねえ。大奇斎は見かけより相当に体が悪かったそうだ。長年、助手をつとめてきた糟糠の妻に先立たれたのもこたえてただろう。それやこれやがとぐろを巻いて、最後の舞台を華々しくやってあの世へ行ってやろうと思い立ったんじゃねえか。おれはそうにらんでる」

ぬりかべ同心はそう言って猪口を置いた。

「でも、それを手助けした人は……」

おちかが言いよどんだ。

「よほどの覚悟だったんだろうね」

相模屋の隠居が言った。

「覚悟を決めて、うんと力を出さなきゃできねえつとめですからね」

田楽を焼きながら、呂助が言った。

「そのあたりの思いも、会ってたしかめてくるつもりだ。……お、早くくんな。味噌が香ばしく焦げる匂いだけじゃ殺生だ」

ぬりかべ同心が急かした。

「へえ、ただいま」

十手屋のあるじが笑顔で答えた。

十三

道灌山を過ぎ、しばらく進んだ田端村の高台に大奇斎の家があった。

小雨が降りつづくある日、ぬりかべ同心は奇術師の家をたずねた。

まず姿が見えたのは、裏方の小吉だった。

ちょうど家の前の畑を耕しているところだった。奇術師として名は轟いているとはいえ、暮らしぶりはつましいようだ。

「大奇斎はいるか。おれは北町奉行所の定廻り同心、甘沼大八郎だ」

ぬりかべ同心は名を告げた。

「へ、へえ……いや、どういう用向きで？」

小吉はうろたえた様子で訊いた。

「このあいだの大奇術はおれも見せてもらった」

ぬりかべ同心は芝居がかったしぐさで刷り物を取り出した。

ここで、家の中から双子の助手があわてて飛び出してきた。どうやら家の中から様子をうかがっていたらしい。

「ようこそのお運びで」

奇作が言った。

「お役目、ご苦労さまでございます」

驚作が頭を下げる。

どちらもつややかな総髪だ。

「大奇斎は奥か？　上がるぜ」

ぬりかべ同心は有無を言わせぬ口調で言った。

「お待ちくださいまし」

「いま伝えてまいりますので」

助手たちは押しとどめようとした。

「なら、伝えてきな。この刷り物の判じ物の件で、ちょいと訊きたいことがあって来た、とな」

ぬりかべ同心がそう言うと、奇作と驚作の顔色が変わった。

どちらの顔からも血の気が引いたように見えた。

しばらく家の中でなにやら話し合っている気配が伝わってきた。

ややあって、奇作と驚作が息せき切って飛び出してきた。

「いま衣装を改めておりますので」

「まもなくご案内いたします」

双子の声が重なって響いた。

「べつに素のままで良いぞ」

ぬりかべ同心は言った。

「いえ、奇術師でございますから」

「衣装も身のうちで」

「素のままで舞台に立つわけにはまいりませぬ」

助手たちは掛け合うように言った。

無理に押し通ることもできるが、ここは言われたとおりにすることにした。どうあっても罪を暴くつもりは、端からなかったからだ。

「良いであろう。支度が整い次第、声をかけてくれ」

ぬりかべ同心は答えた。

「ははっ」

「ありがたく存じます」

双子は芝居がかったお辞儀をした。

十四

「お役目、ご苦労さまにござりまする」

奥の間の下座で、大奇斎は深々と頭を下げた。

光沢のある銀色の衣装に銀鼠の帯。そこに輝くばかりの白扇を差している。髪を束ねる元結は金と赤の二色。いかにも奇術師らしいいでたちだ。

廊下には大奇斎の娘の妖子も控えていた。いま茶を運んだところだ。

「おう、今日は香を焚いてねえんだな」

ぬりかべ同心はそう言って、探るように奇術師を見た。

「普段は香など焚きませんので」

大奇斎は答えた。

「あの最後の舞台の日は、ずいぶんと強い香を焚いてたじゃねえか。ことに、帰りのほうがきつく感じた。あれには深えわけがあったんじゃねえのか?」

ぬりかべ同心はいきなりそう斬りこんだ。

茶には口をつけなかった。もしものことがあってはいけない。

「舞台に華を添えるためでございます」

大奇斎は表情を変えずに言った。

白粉を塗り、眉を引いている。まるで公家のような雰囲気だ。

「ところで」

ぬりかべ同心は座り直して続けた。

「娘婿の生奇斎はどうした？　姿が見えねえようだが」

同心はそうたずねて妖子のほうを見た。

表情に変わりはない。ただし、無表情を取り繕っているようにも見えた。

「生奇斎は修業の旅に出ました」

大奇斎は告げた。

「ほほう」

ぬりかべ同心は読み筋だぞと言わんばかりの顔つきになった。

「わたくしはもう最後の舞台をつとめました。来年には隠居し、生奇斎が二代目の大奇斎を継ぐことになっております」

奇術師はそう言って一礼した。

「そういう芝居は、おれの前じゃ通らねえぜ」

ぬりかべ同心の声音が変わった。

さっと刷り物を取り出す。

大奇斎の表情も変わった。伝わってくる気のようなものがあったのだ。

「ほかの客はぼうっと読んだだけだろうが、おれの目は節穴じゃねえ」

ぬりかべ同心はそう言うと、太い指をすーっと横へ動かしていった。

「た」だ一心に念ずれば驚異の奇術の泉わく
「す」くひの神はとほきそらよりあらはれん
「か」くも有り難き江戸の民に置き土産をと
「つ」ねづね勘案しつつ匠のたましひをこめ
「た」のしく演ずる最後の舞台のおもしろさ
「の」のしりと諍ひをやめ江戸の民よ楽しめ
「は」じめて観る者はおのが心の盃を満たせ
「し」やうばいにあらずいま披露されるのは
「や」うやく成りし大技にてこの技だけはと
「う」たかたの世にその一身に熱と志をおふ
「き」じゆつし一世一代の捨て身の舞台かな
「さ」あさお立合ひ善男善女たち出でてみん
「い」ざ大奇斎その全てを賭けし夢舞台なり

「だ」れもが感嘆せんこはまさに奇跡なりと

　助かったのは生奇斎だ

判じ物の答えは、そう読み取ることができた。

「奇術師ってのは、右手に客の目を引きつけて、左手でこそっと種を仕掛けたりしているもんだ。しかも、この判じ物みてえに大胆にな」

ぬりかべ同心はもう一度刷り物を指さした。

大奇斎、いや、よみがえった大奇斎に扮していた人物は答えなかった。

白粉を塗った顔のほおのあたりがぴくぴくと動く。

続いて、同心はもう一つの判じ物を解いた。

　われを殺したのはお上なり

下から二番目の段に忍んでいた判じ物だ。

「覚悟の大舞台だったな」

ぬりかべ同心の表情が変わった。

いくらか情がこもった声音で続ける。

「病身を押して最後の舞台をつとめあげ、お上への抗議もこめて華々しく散る。その舞台は、文字どおりおのれの一命を賭したものだった。見上げた奇術師根性じゃねえか」

前に座った男も、廊下に控える娘も口を開かなかった。

何かをぐっとこらえる様子で、唇をかみしめていた。

「大奇斎の首と手足が切り離されたのは、芝居じゃなかった」

ぬりかべ同心は謎解きの勘どころに入った。

「おめえと裏方が力を合わせて、本当に切り離したんだ。それから棺に入れて運び出した。あとで役人があらためたとき、血だらけだが手足も首も見つからなかった。いちばん目立つところに堂々と種を掲げておくのは、この一段目の判じ物と同じで、奇術師の心意気みてえなもんだろう」

また刷り物を示すと、ぬりかべ同心は声の調子を上げた。

「つまり、おめえらは、バラバラにした大奇斎の体を小屋の入口に立ってた等身大の活き人形と入れ替えたんだ」

返事はない。

大奇斎に扮していた男は唇をかみしめるばかりだった。

「あたりはずいぶんと暗くなってた。そのあたりも読みのうちだ。ただし、つくり物と本物とは違う。つくり物にはねえ臭いってもんがあらあな。それを消すために、香をがんがん焚いたわけだ」

ぬりかべ同心は身ぶりをまじえて言った。

「終わったあとだけ急に香が焚かれたら、変だなと思うやつも出るだろう。そこで、初めから焚いておいたのが用意周到なところだ。何にせよ、そんなからくりで大奇斎はあの世からよみがえったわけだが……」

同心はそこで一つ息を入れ、間を置いてから続けた。

「いまおれが語った謎解きは、強え香をかいだせいでふっと浮かんだありもしねえ絵空事だったのかもしれねえ」

「……と言いますと？」

前に座った男の表情が変わった。

「おれもほかの客とおんなじように、我を忘れて最後の大奇術に見入っていた。なにしろ、首と手足を切り落とされた大奇斎があの世からよみがえって元通りになっちまうんだからな」

ぬりかべ同心はそう言うと、刷り物を引き裂いた。

「判じ物を含む刷り物は縦に真っ二つになった。

判じ物を解いたのは、どうやらおれだけだ。そのおれが黙ってりゃ事は済む」

「あ、甘沼さま……」

大奇斎に扮していた生奇斎が目を瞠った。

廊下に控える妖子の顔つきも変わる。

「いかに義父の大奇術師に頼まれたとはいえ、いざ手を動かすのは断腸の思いだっただろう。いくたびも悪い夢にうなされただろう。手を下した者だけじゃねえ。最後の舞台を裏で支えた者たちみんなが、つれえ思いをしたに違えねえ」

ぬりかべ同心がそう言うと、義理の息子の生奇斎が袖を目にやった。思わず感極まってしまったのだ。

驚作か奇作か、はたまた小吉か。家の見えないところからもすすり泣く声が響いてきた。

「それを思案のうちに入れりゃ、罪はもう雪《すす》がれたようなもんだ。どこにいるかは知らねえが、あと一年ちゃんと修業して、晴れて二代目の大奇斎を名乗れるようにしな、と生奇斎に伝えておいてくんな」

ぬりかべ同心はそう言うと、渋く笑って立ち上がった。

「しかと、告げておきます」

大奇斎に扮していた男が両手をついた。

「ありがたく存じました」

大奇斎の娘も涙声で言った。

十五

ゆるい坂道を上りつめたところで、ぬりかべ同心は振り向いた。

大奇斎に扮していた若者とその妻は、まだ門口に立って見送っていた。

同心に向かって、また深々と頭を下げる。

「達者でな」

ぬりかべ同心はさっと右手を上げると、また向き直って歩きだした。

いまの若者の姿に、あの日見世物小屋へつれていった二人の息子の影がそこはかとなく重なった。

奇術を見たあとは大志郎も剛次郎も興奮気味で、なぜ首がまたつながったのか、どういう仕掛けだったのかと矢継ぎ早に問いを浴びせてきた。

それに対して、父は終始ややあいまいな顔つきでいなすような答えをしていた。

だが、いまなら違う。

二人の息子に向かって、こう答えるだろう。

道灌山大奇斎は、人知を超えた秘術を用いて復活を遂げたのだ、と。

研鑽を積むことによって、いまだだれも成し遂げなかった大奇術に成功したのだ、と。

ぬりかべ同心は一つうなずくと、少し足を速めた。

小雨は上がり、いつのまにか晴れ間が広がっていた。ことに江戸の海のほうが青い。

「ほう」

ぬりかべ同心は思わず感嘆の声を発した。

見事な虹が出ていた。

天に大きな弧を描き、海のほうへ続いていく鮮やかな虹だ。

それはまるで、浄土から発せられた幻妙な奇術のようだった。

奇術師の手が一閃し、だしぬけに天に現れたかのようなものを、しばし立ち止まり、ぬりかべ同心は感慨をこめて眺めていた。

〔主要参考文献〕

山本純美『江戸の火事と火消』（河出書房新社）
『復元・江戸情報地図』（朝日新聞社）

この作品は書き下ろしです。

幻冬舎文庫

●最新刊
40歳を過ぎたら生きるのがラクになった
アルテイシアの熟女入門
アルテイシア

若さを失うのは確かに寂しい。でもそれ以上に生きやすくなるのがＪＪ（＝熟女）というお年頃。ＷＥＢ連載時から話題騒然！　ゆるくて楽しいＪＪライフを綴った爆笑エンパワメントエッセイ集。

●最新刊
ヘタレな僕はＮＯと言えない
公僕と暴君
筏田かつら

県庁観光課の浩己は、凄腕の女家具職人・彬に仕事を依頼する。しかし彬は納品と引き換えにあらゆる身の回りの世話を要求。振り回される浩己だが、だんだん彬のことが気になってきて――!?

●最新刊
〝がん〟のち、晴れ
「キャンサーギフト」という生き方
伊勢みずほ　五十嵐紀子

アナウンサーと大学教員、同じ36歳で乳がんに罹患した2人。そんな彼女たちが綴る、検診、告知、治療の選択、闘病、保険、お金、そして本当の幸せについて。生きる勇気が湧いてくるエッセイ。

●最新刊
洋食　小川
小川　糸

寒い日には体と心まで温まるじゃがいもと鱈のグラタン、春になったら芹やクレソンのしゃぶしゃぶを。大切な人、そして自分のために、今日も洋食小川は大忙し。台所での日々を綴ったエッセイ。

●最新刊
眠りの森クリニックへようこそ
～「おやすみ」と「おはよう」の間～
田丸久深

薫が働くのは、札幌にある眠りの森クリニック。院長の合歓木は〝ねぼすけ〟だが、腕のいい眠りの専門医。薫は、合歓木のもと、眠れない人たちをさまざまな処方で安らかな夜へと導いていく。

ぬりかべ同心《どうしん》判《はん》じ控《ひかえ》

倉阪鬼一郎《くらさかきいちろう》

平成31年2月10日　初版発行

発行人――石原正康
編集人――袖山満一子
発行所――株式会社幻冬舎
〒151-0051東京都渋谷区千駄ヶ谷4-9-7
電話　03(5411)6222(営業)
　　　03(5411)6211(編集)
振替00120-8-767643
印刷・製本―中央精版印刷株式会社
装丁者――高橋雅之

幻冬舎時代小説文庫

ISBN978-4-344-42843-0　C0193　く-2-6

幻冬舎ホームページアドレス　http://www.gentosha.co.jp/
この本に関するご意見・ご感想をメールでお寄せいただく場合は、
comment@gentosha.co.jpまで。